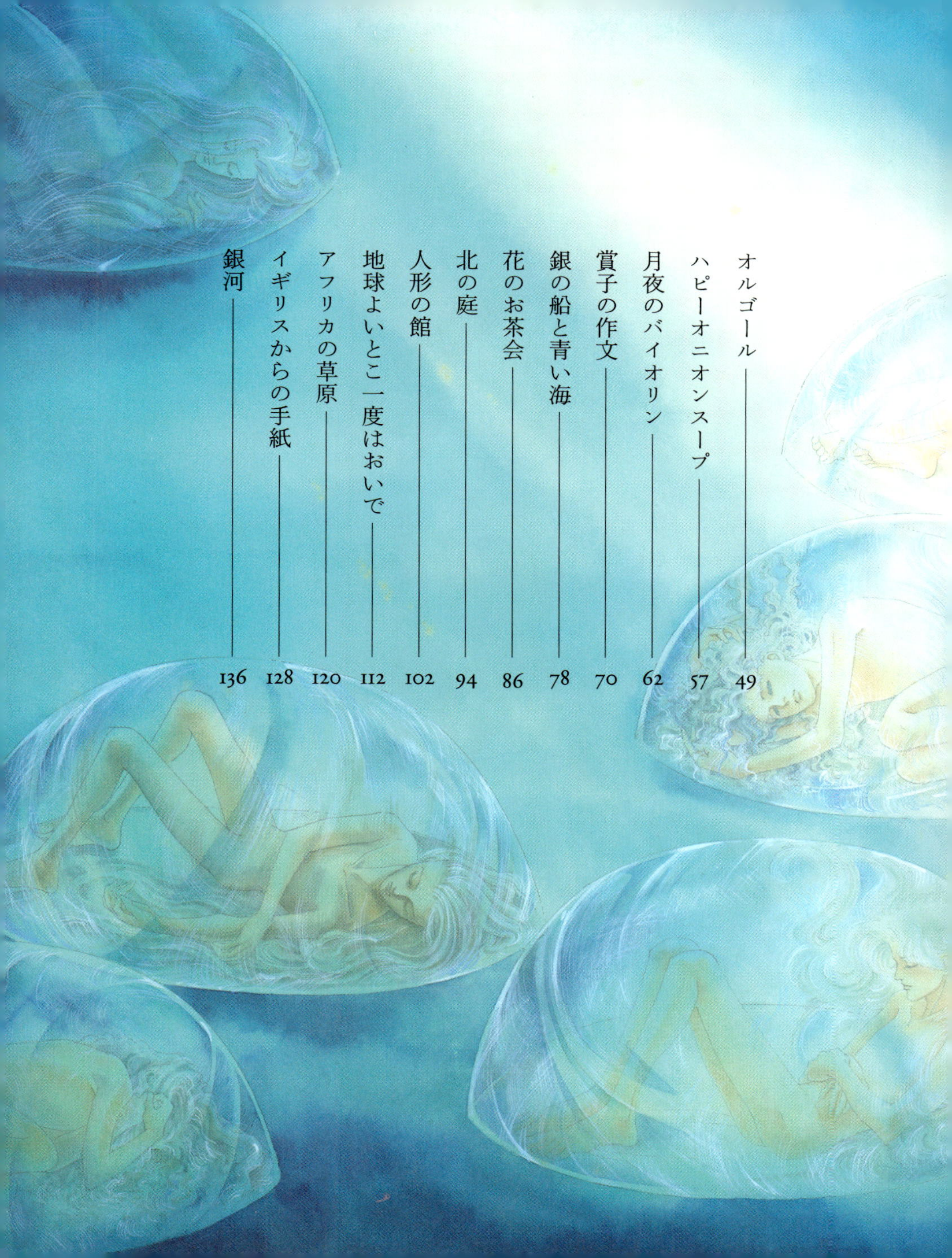

びいどろの恋

あなたがわたしに何かをたずね
わたしがあなたにそれをまたたずねる
わたしたちの気持《きもち》をうつして
まるいびいどろはちろちろと輝く
すきとおって　不安で
こわれやすく　悲しい
わたしたちの初恋

幻想

ときのはざまの
おくぶかくには
幻想の湧く
泉がある
始《はじま》りから終《おわ》り
彼方《かなた》から果てまで
時　存在　思いの
すきとおり
きらめく無限の
イマジネイション

チョウチョ

ね　チョウチョ見つけたよ
木のうろの中にいたんだ

木のうろ？　あなただあれ？
ね　逃げないんだ
ぼくのことが好きなんだ
うそよ　これ生きてるの？
きっときみのことも好きなんだ

これ　ねむってるのよ　チョウチョ
どこの木のうろ？　かえしてきてよ
起こしちゃだめ
その木だよ　すぐかえすよ
ちょいと見せようと思っただけだよ
あなた　だあれ？

3月3日

3月3日には
ひなまつりという
ほどよい慣習があるところから
英国の3月ウサギ
狂い月とひっかけて
この日にお客を招待し
春の楽しいお茶会をひらく
冬のさなかには生きづらく
半分狂った人や
全部おかしくなってしまった
心やさしい人たちを呼ぶ
ほんにあったこうなって
よかったといって

狂い咲きの花々をかざる
回転のすっかりゆるくなった電蓄に
これまた古いシャンソンでもかけて
明るい服を着　窓を開け
でもまだ風は冷めたかろうから
熱いお茶をかぶかぶ飲んで
ほんとにすてきな
三三の日ですこと　と言う

Tea time

金のピアノ

やさしい詩人《うたびと》の弾《ひ》き語る
金のピアノの窓辺には
遠い海から七色の
虹の橋さえかかるのです
若草色したしとねから
白い野ばらが香り咲き
眠りの午後の春の陽は
静かに影を長くする

ただみつめて
音のおくりものをもらう日

花々に住む子供

若い妹夫妻が突然の事故で死亡
身内の一同は遺子《いし》を私におしつけた
共に十一歳の　双子のおいとめいだ

つれて帰って　着させ　食べさせ
教育を受けさせねばならない
学問を愛する独身主義の私が　なぜ
いっぺんに子持ちの男やもめにならねばならない？

これはオイッ子のほうだ
まだ九九《くく》がうまくいえず
音痴で　鈍足で　大食らいで
自負心《じふしん》ばかり強くて
まじめに冗談のようなうそをつく
アホの証拠だ

これはメイッ子のほうだ
母親似の美人だが　神経質でやせてて
人見知りが強く　偏食《へんしょく》や好みがはげしく
無口でぶあいそだ
なんとまあ　自然とくらべて
人間とは不完全に創られることか！

ところでわたしの学問とは
植物の遺伝の研究だ
新種の草花を育てている
東のポーチに温室
それから南東　北東に
わたしのたんせいこめた庭だ
わたしは　そこでは一人でいたい

なのに
あの双子は
いいつけを無視して
そこに入りこむのだ
あのガキめら！

天上の天使の笑みや
細腕のような枝々《えだえだ》　花々と緑の香《か》
風の中の花粉

古い館《やかた》とともに
一本の木になることすらわたしは願う
植物的……とはなかなか美しいひびきを
持っている
花々の影《かげ》に　わたしがどんな姿を夢を
とらえているか
無作法なガキどもは知りやしない
双子はわたしを苦しめ
わたしを怒らすことばかりしている

あの双子には
いずれ結婚相手を探しだして
この館から追いだしてやる
ときどき頭にきて
殺して埋めて
白いポピーを一面に咲かそうか　など
空想する
新種のポピーが咲くかもしれない

空想の中の
情景が美しいのでうっとりする
たいそう
サディスティックではある

そう　このごろ
このオイとメイは
わたしのベッドに入りこんで
左右で眠るのだ
小さな動物のように
体をすりよせ
首をだこうとする
わたしは双方に腕マクラをかし
両腕がしびれる

あと何年かは
二人はわたしのベッドで
眠ってくれるだろうか？
花々に満ちた庭で　彼らは年ごとに
人間に目覚めてゆく

わたしはときどき
これから起こることを
空想して泣く
子供たちが成長して去った後
わたしは庭のあちこちに
彼らの影をみるだろう
生活は彼らがくる以前にもどるが
心はもどらないだろう

人間に目覚めるとつらいことばかりだ
何か考えなければなるまい——
——たとえば　そう　誰かを愛し
結婚することなど——
いい人はいないだろうか……？

みどりの風

中学生

私は九州福岡県の大牟田市は
船津中学に通ってました

中学の周辺は当時　水田と麦畑
正門《せいもん》のわきに小川が流れていて
それは広い校庭のわきもよこぎってました
このあってなきがごときのような　校庭と畑の境が
しろつめくさの群生地になっていて
春には緑のじゅうたんの上に　白い花盛りで
とてもきれいだった

自習時間　女子たちは日当たりのいい
校庭に走りでては　つめくさの群《む》れの中で
花かざりを編むのです
一時間もせっせと編むと
花のくびかざりやかんむりができあがり
頭にかむって教室にもどりました

ここでおべんとも食べました
今も咲いてるだろうなあ
春のにおいのする思い出です

紅茶の話

1976年ヨーロッパ旅行記

パリ、ボルドー、ルルド、
イルン、マドリッド、トレド、
グラナダ、バレンシア、
バルセロナ、ジュネーブ、
チューリヒ、ミュンヘン、
ザルツブルグのお茶のお話。

いずれも　お茶はひとときの
心にやすく　あまくそい
花のパリでは　夏の夜の
風吹くテラスのカフェテリア
あるいはルルドの雨の中

小さなポットにカップつき
ミルクは多めに少なめに
マドリ　トレドの陽の下は
レモン四ツ切り　ぶったぎり
一国越えてアルプスの
スイスはグラスとティーバッグ
列車の中ではタルトつき
はや秋風に肌寒い
ザルツブルグの川岸で
モーツァルトの銀紙の
チョコレートなぞをなめながら
ここに　ゆげたつ一杯の
お茶こそほんに　うれしけれ

水色のエプロンの女の子

ぼくは決心したんだ
とても大切なことなんだ
ぼくのかわいい
水色のエプロンの女の子
結婚してください
このぼくと
とても愛しているんです

返事はもちろん　〝いいわ〟
でもわたし
よい　あなたの妻になれる？
どうしたらいいの？

きみは食事のしたくに
せんたくそうじと
こどもを育ててくればいいんだ
なにが好き？

オニオンスープ

わたし上手になるわ
あなたはなんの仕事をするの？
こどもだって
いい学校にやりたいわ
あなた

ぼくは出世するよ

ぼくは
宇宙船の
乗組員になって
じき船長になるんだ
火星や月や
めいおうせいや
もっと遠くにだって行って
すばらしい発見や
冒険をして
えいちとめいよをにない
英雄となって
もどってくる
きみはその
おくさんなんだ

え　どうしたの？

で　わたしと息子は
地球でまってなくちゃ
ならないの？
そんなのいやよ　わたし
毎晩帰ってくる人の
おくさんになるのよ

だから　あなたとは
結婚できません
このお話は
なかったことにしてちょうだい

まって！

ふたりでいこうよ

水色のエプロンの女の子
結婚してください
とても愛しているんです
そしてぼくといっしょに
火星や月や
めいおうせいへいって
すばらしい発見や
冒険をして
いっしょにこどもを
育てましょう

食肉花

むかしむかし
黒い髪もうるわしい王様がおりました
王様はうら庭に食肉花《しょくにくか》を育てておりました

小鳥や小動物をあたえると
花は美しく咲きました
もっとあでやかな花を大きく
咲かせる方法はないものか？

黒いひげもうるわしい王様は
強い軍隊をもっておりました
隣国をせめ　これをほろぼし
戦火にくずれた城の奥
生まれてまもない
小さな赤子《あかご》が泣いておりました

おお　これは
ほどよいえもの
これを食《く》らえばまたいっそうに
美しい花が咲くであろう

こわきにかかえ　もちかえり
それよと食肉花に
あたえました

――ところが
色あでやかな食肉花はこれを
むさぼり食らうと思いきや
したたる花のみつをすわせ
甘い花の果肉《かにく》をあたえ
夜の葉《は》うらには寝所《ねどこ》をつくり
この赤子を
つるであやしつつ
育てはじめました
王様はあきれるわ
頭にくるわ
えいもう知らん　こんな花

そうしてこどもはぬくぬくと
花の花弁《かべん》に守られて
澄んだひとみも美しく
やがてひととせ　すぎました

ふとつれづれに　うら庭に
足をのばして王様は
花の中のこどもを見《み》
——いい年をして
ひと目で恋におちました

あれがほしい！
花よ花よ
その子をよこせ
なんなりほうびをとらせよう

花はイヤイヤ
いまさらだれが
これはわたしの
わたしが育てた
えい　枝を切れ
葉を焼け
根をこそげ
枯らせ殺せ
こんな花

たちまち花のトゲが
バリケードをつくります
どうあってもこどもを
とらえることができません

こどものひとみはキラキラと
うるわしい王様をみつめます
やがてこどもは胸のこどうが
恋にときめくのを感じます
こどもはふるえる声で
つぶやきます
王様　王様
黒い髪もうるわしい王様！

みつをあたえ
果肉をあたえ
愛をあたえた食肉花は
すべての葉をざわめかせ
すべてのトゲをさかだてて
こどもにおそいかかり——
——たちまちにして　えい
よくもわたしをうらぎって
ぱくん！

そうして花はそもそもの
最初に王様の望んだごとくに
血のしたたるほどにあでやかな
真紅《しんく》の花を咲かせたのでした

サングリアタイム

カーテンコールのレッスン

歌を忘れたカナリヤ

眠りの精

ストロベリーフィールズ

オルゴール

むかし、まだ私が小学生の四年か五年のころ、ほしくてほしくてたまらなかったものがあった。それは、キラリキラリと星をはじかせたような音をだす、オルゴールだった。

いつごろからほしいと思いはじめ、近所でも、級友たちの間でも、めったにだれももってなかったその箱を、いつ最初に私が見たのかも、思い出せない。が、雑誌の口絵に、懸賞《けんしょう》の賞品として載《の》ってたり、漫画本や名作の中で、オルゴールのでてくる場面にでくわすと、それが私のものだったら、私が今、手にもって、箱のふたを開けているとこだったらと、いつもためいきをついていた。

オルゴールは高価なものだった。姉に手をひかれて、のぞきこんだショーウィンドーの中のオルゴールは、到底、私の手のとどきそうな値段ではなかった。それは千円もした。

当時私の、月ぎめのおこづかいは三十円だった。手堅い姉は、それを毎月貯金箱に入れていたが、私はぬりえのノートを買ったり、買ってはいけないといわれていた駄菓子やキャンデーを買ったり、貸本屋で五円の本を借りたりして、散財していた。小学生は五円でバスに乗れ、デパートの食堂のまきずしが一人前八十円、おうどんなら三十円、ふろくのついた月刊誌が百二十円、秋の遠足に学校で決められたおこづかいが五十円、といった時代だった。月三十円も自由にできるお金があるのは、けっして少なくはなかったが、千円のオルゴール代には、はるかにはるかに遠かった。仮に貯金したとして、一年が十二か月で、三百六十円、二年と十か月もかかってしまう。それほどの忍耐は私にはなかったし、二年と十か月、ぬりえのノートも買えないのはあんまりだった。では、一か月十円ずつ貯《たくわ》えたら？　九年だ。千円貯《た》めるのに九年かかる。そうして、デパートにゆくたび、オルゴールはいつもショーウィンドーの向こうで、ただ鳴っているだけだった。それでもあこがれは、いよいよ募《つの》った。

両親にねだることとは全く頭に思いつかなかった。小学一年の時、校門の前の文具屋にあった、ミルク飲み人形を、ねだりにねだって半年の後、やっと買ってもらった。それが二百円で、今度のオルゴールは、最高の贅沢《ぜいたく》品で、人形とは比較にならぬほど高価で、上に姉、下に妹と三姉妹の並ぶ中、特別私にと買ってもらえる品ではなかった。

にもかかわらず、私は、いつか、いつか、いつか、と、ショーウィンドーのオルゴールをあこがれのまなざしで見つめながら、思った。いつか私のものにするのだ。あの小さな音の出る箱を。何だかふしぎな、夢のいっぱいにつまった箱を。内張りのビロードは、赤や落ち着いたたまご色の深いつやを光らせ、内ぶたに必ずとりつけてある鏡は私の顔を映していた。どれをとっても、はでではない簡素な木の細工は磨かれて、バイオリンの面のように、細長くした風景を幾本もの線にして表ぶたに映しだしていた。私はその箱が好きだった。好きだから、私はこんなに好きなのだから、その夢は当然のように、いつかは私のもとを訪れるはずであった。それを思うと幸福感で胸がつまった。実際に何かの具体案や約束があったわけではない。ただ

そう信じたのである。

「いいわ、いま、手元になくても」私は満ちたりた気分で思った。「だって、いつか私のものになるもの。何がどうしてってわけでなく、そうなるって知ってるもの。だって、私はこれが好きだもの」

オルゴールを、ある日ふと、ひらがなで書いてある詩にゆきあたった。おるごおる、と、あった。その行から目が離せなかった。それは、かたかなで書かれたオルゴールとは、全くべつな顔をもっていた。ああ、日本語は、象形文字といって、絵をくずした字を使ってると習ったがほんとうだ、平野の向こう、緑の山々の風景が、山という文字なのだ。れんげ咲く平野をぬって、流れる川の風景が、川という文字なのだ。そして、私はじっと、おるごおる、という字を見、その字のまるさ、とげのないやさしさにうたれた。きらきらした、音が聞こえてくると思った。

ある日、そのオルゴールが私の家へ現われた。母が父とつれだって、オルゴールのウィンドー前をゆきつもどりつしていたのを、思い出した。母は、くり色をした小さな箱を、母の茶簞笥《ちゃだんす》の上に置いた。

「お母さん、だれの、それ」妹がいった。「お母さんのよ」母はご満悦でいったもんである。そのころ、何であれ、末の妹がほしがるものは、本もおもちゃも全部妹のものになっていたのに、それればかりは、母の服、母のくつ、と同じように、「お母さんの」だったのだ。それで、「お母さんのオルゴール」は、その置場が茶箪笥の上と定められた。もっとも、ふだん私たちがふたを開けたり閉めたり、オルゴールのねじを回したりしてもよかった。曲名は『白鳥の湖』で、ねじをいっぱいまくと、切れて止まるまで、同じ旋律が四回流れた。

赤い布がきれいに張られた箱の中には、母の金時計や買物の伝票がたいてい入っていた。ねじの調子が悪くなると、私と姉とでさっそく、内ぶたをはずして、修繕しようとした。すると、内ぶたの中には、黄金のお城があった。ふしぎなものだった。小さなローラーには何かのサインのように、とげがいっぱいついてて、ローラーが回転すると、とげにはじかれて、それぞれ長さの異なる金属の板がそれぞれのひめいをあげるのだった。すると、それが音になった。

ねじがなかなかなおらず、私は重いローラーを指で回して、板のはじける音を聞いた。板の振動が、音を出すことすらふしぎだった。私は、そのお城一式を箱の中から出して、ながめてみたくてしかたがなかったが、どこをどう固定されているのか、どういじっても、お城は箱にへばりついていた。

オルゴールはたいてい母の茶箪笥の上にあった。それが、私個人のものでないのにもかかわらず、私は満足していた。おとなである母が、私と同じように、オルゴールをほしがって「お母さんのよ」といったことが、少し、おかしかった。そしてそこで、母も、私と同じような夢を、ウィンドーを通したオルゴールにみていたのだろうかと思うと、ほしがってたオルゴールを買ったのが、母なのか私なのか、わからなくなり、ついにはどっちでも差はないのだと思った。その、オルゴールへよせた想い自体、それが母であっても私であっても、かわらないのだった。

「これは何と読むの」と聞くと、「オルゴールと読むのよ」と教わった漢字は、音匣と書いた。珈琲《コーヒー》や麦酒《ビール》のように、外来語に漢字をとっさにあてはめた風情《ふぜい》があったが、このときも、象形文字の美しさを感じた。私には小さな箱の中で、金属板を響かせていた、あの黄金のお城の形が、きれいに漢字の形と重なって見えたのだ。具体的な形ではなく、形のもつ、イメージが。里と書く上に屋根や壁のように上からそっと厂をかぶせた字の様は、さながら私の夢やあこがれや思い出の里が、竹林に囲まれた上に、真白な雪がふり積み、すっぽりと手におおうようにまるいまるい心になって、その図ごと、あの箱の、あのふしぎな場に、おさまっている。また、雪の中の、人里はなれたさらに小さな里が、やさしさや想いだけに囲まれて、あの箱の中にこもっている……音厘……そんな感じがしたのだった。

「いいわ、今手元になくても、いつか私のものになるもの。きっとなるもの」私は、昔そう思っていた。「だって、私はそれが好きだもの」それからずっと、私はあんなにあこがれていたオルゴールを自分でもったことはない。だけど、私は今では知っている。それが好きだといったとき、実際に手にもっているより何よりも、あの箱のもつ、あの夢の、一番近くに、私はいたのだ。

ハピーオニオンスープ

雪でまっ白な森の奥に、ハピーという女の子が、住んでいました。

さて、クリスマスの朝、ハピーは森の入口に住む、ボーイフレンドのラックに、おいしいオニオンスープを、作ってもっていってあげようと思いました。

ハピーはオニオンを切って、大きなおなべでバターといため、お水をいれてグツグツ煮《に》てオニオンスープを作りました。

おなべをしっかりもって、さて、ハピーは出かけました。

すると、おとなりのおばあちゃんがそれを見つけて、

「ハピー、そのおなべの中味はなあに？」

「これは、わたしの作ったオニオンスープよ」

「ほんと？　大好物だよ」

「たくさんあるから半分どうぞ」

ハピーが大きなシャクシでそれを分けてあげると、おばあちゃんは、お礼にかたいチーズをくれました。

「これをおろしがねですって粉にして、スープに入れると、おいしいよ」

「わあ、どうもありがとう！」

少しゆきますと、道の端《はし》に住むおじいさんが、

「ハピー、そのおなべの中味はなあに？」

それでまた半分分けてあげると、おじいさんはかたいバケットとパセリをくれました。

「パセリはきざんで、バケットは切って、スープに入れると、おいしいよ」

「ん、ありがとう」

「オニオンスープは半分以上なくなったけれど、かわりにスープをおいしくするものがいっぱいになったわ」

と、ハピーが歩いてゆくと、銀色ギツネが、森の陰《かげ》から出てきていいました。

「おなかがすいているんだ、そのチーズをおくれ」

「いいわよ。でも、これはオニオンスープに使うのよ。何かかわりにわたしにくれる？」

「なんにももってない。だけど、かわりにスープが冷えないうちに森をぬけられるよう、近道を教えてあげるよ。凍《こお》った森の小道を右にまっすぐゆけばいい」

ハピーが、雪をサクサクふんで、右にまっすぐ歩いていくと、こんどは白ウサギがとんで出てきて、

「そのパセリをおくれ」

「何かパセリのかわりにくれるの？」

「なんにもない。でも、わたしの毛にさわってなでてもいいわ」

白ウサギの背中はフワフワしてて、少しかじかんだ指にとってもあったかでした。さらにゆくと、大きなクマがやぶの陰から顔を出して、

「こわがらないで、おじょうさん。そのバケットをくれないか」

「かわりに何をくれるの？」

「なんにもない。だからクリスマスのキッスをあげるよ」

といって、クマはハピーの顔をペロリとなめてくれました。

すぐに森の出口でラックの家が見えました。

ハピーはおなべだけをもってかけてゆき、ドアをトントンとたたきました。

「メリー・クリスマス、ラック！　あたたかいオニオンスープを作ってきたの」

おなべをあけますと、オニオンスープはかちかちに凍っていました。ラックは笑って、

「ずいぶんと、より道をしてきたね」

といいますので、ハピーはチーズやパセリやバケットをもらった話や、それをまた森で動物にあげてしまった話をしますと、ラックは、

「それはとってもクリスマスらしいね、きみもみんなもいい贈り物をもらったね」

といいました。

そうして二人は、凍ったオニオンスープをストーブにのっけて、あつくしていただきました。とってもおいしいオニオンスープでした。

それでこの話は、おしまい。

ハッピー・メリー・クリスマス

月夜のバイオリン

これはもうずいぶんと昔の話だ。

あるところに、たいそう音楽の好きな青年がいた。小さいころ両親をなくしてきびしいおじいさんに育てられた彼は、毎日よく勉強し、毎日よく歌を歌った。

十六歳で学校を卒業して会社に入った。その給料で青年は、一台のバイオリンを買った。ラジオでバイオリンの演奏を聞き、それがたいそう美しい音だったので、青年はきっといつかそれを弾きたいと思いつづけてきた。青年はバイオリンを習うため、毎週遠い町まで行った。なにせこれは昔の話だから、そのころバイオリンを弾く人はあまりいなかったのだ。

やがて青年は、女学校を出たばかりの少女と、お見合いをした。髪の長い、ほっそりとした少女を青年は気に入ってプロポーズした。二人は夏の盛りに結婚の約束をした。だがすぐ冬がきて、戦争が始まった。世界中で戦争が始まった。そして青年は雪の降るころ、船に乗って戦地へ行ってしまった。

「生きて帰れるかどうかもわからないから、他によい人がいたら、結婚してもよいよ」と、青年はいったが髪の長い少女は、

「いいえ、いつまでも待ってます」と答えた。

青年は船に乗って、南へ南へと下り、ビルマのラングーンについた。ここには、ボードウィン鉱山という、世界的に有名な鉱山があって、青年の仕事は、戦争につかう鉱石を、ほりだすさしずをすることだった。日本は冬だったが、南の町のラングーンは、一年中夏だった。

ラングーンの大通りで、青年は楽器店をみつけたが中には何もなかった。インド人の使用人に聞くと、爆撃《ばくげき》をさけて、奥地に疎開《そかい》しているということだった。なにせ戦争中だったから。青年はインドの人に案内してもらって馬車でバイオリンを買いに出かけた。行きも帰りも、爆撃にあった。飛行機が飛んでくるたびに馬車をとびおりてみぞの中にかくれた。

奥地の楽器店はバラック作りだった。店主はつぎつぎと、バイオリンをだしてみせたが、青年はどれも気に入らなかった。

「いいのがないから、帰ろう」と、青年がいうと、「なに、うちのバイオリンのどこが気に入らない」と、店主はどなった。ここが悪い、あそこが悪いと、青年が店主のだしてきた安いバイオリンの欠点を並べたてはじめると、「それほど楽器にくわしいとは思わなんだ」そうぼやきながら、これで最後だと、ドイツ製の明るい色のを一台だしてきた。青年は、手にとって、ながめて、弾いてみて、そしてとうとうそれを買った。二百円払った。そのころは、りっぱなひとふりの軍刀が七十円で買えた。

「バイオリン一台に二百円だと」青年の仲間たちは目をまるくしておどろいた。戦地へきてためたお金を、ぜんぶはたいて買ったバイオリンを、青年はどこへ行くにももっていった。奥地の鉱山に行くときも、もっていった。みな、いっしょに歌った。山の中の教会では、イタリー人の尼さんたちと村人と、いっしょに弾いて、歌った。

青年は婚約をした少女から、ときどき手紙をうけとった。青年もときどき、少女に手紙を書いた。やがてラングーンを出て、タイのバンコクへ行かなければならなくなった。青年はやはり、バイオリンをしっかりもって、仲間たちと鉄道で出発した。

ビルマからタイへ続くこの鉄道は、ジャングルのまっただ中を走っていた。汽車は、高価なチーク材をたいて走った。それまでの間には、二百以上も川があって、鉄などないから、木でできた木橋がかかっていた。汽車が渡るときぎいーと音をたててゆれた。ふかい谷底をのぞくと、木橋を渡りそこねた汽車がいくつも落ちてころがっていた。毎日、いくつかの木橋は爆撃でこわされ、汽車は木橋を修理しながら走った。その汽車にも、ハチの巣のように飛行機の機銃のあとがついていた。

木橋の修理で走れない汽車のそばで、みな夜営をした。火をたいて、横になった。たいそうに美しい月夜だった。

青年は日本を思った。残してきた、たくさんの知りあいを思った。小さいころ歌って歩いた、たんぼ道や家や学校や、いろんなことを思った。それから空を思った。海をこえて陸をこえて日本から続く空を思った。自分がビルマで見てる月も、いま日本に出てる月も、お月さんはひとつでおんなじだと思った。髪の長い少女を思った。青年は、バイオリンをとりだして弾きはじめた。

若い陸軍の少尉がいた。青年よりも若い士官だった。彼は青年の火のそばによってきた。そしてだまってバイオリンを聞いた。青年が弾き終わると、若い士官は泣いていた。それから二人は夜明けまで、火をかこんで故郷やいろいろなことを語りあった。

青年はバンコクでしばらく滞在した後、ジャワ島へ行った。リュックをせおい、ねござでバイオリンをつつんで、屋根のない貨物車に乗って行った。

「すいませんが、これをそっちのすみに、おかせてもらえませんか」雨なぞがふると、バイオリンがぬれないように、屋根のある貨物車に乗っている人にそういってたのみこんだ。「この荷物はいったい何だね」とそのたびに聞かれると、青年はひくい声でこっそりと答えた。「ヒミツヘイキです」やがて、ヒミツヘイキも青年も仲間も、屋根のある貨物車もない貨物車も、みんないっしょにアメリカ軍の支配下に入ってしまった。

日本が敗《ま》けて、戦争はやっと終わった。たくさんの日本軍が、つぎつぎにアメリカ軍の捕虜《ほりょ》になった。青年は捕虜収容所で、働き、語り、歌い、バイオリンを弾き、一年がすぎた。そしてやっとみな日本へ——残してきた両親や妹や、奥さんや子供の待つ——日本へ帰れることになった——婚約者の待つ。

青年は布を切って、ぬって、リュックサックをこしらえた。そこに荷物をつめこんだ。もって帰っていい荷物の数は、くつ下が二足とか、シャツが何枚とか、きっかりきめられていて、何もよぶんなものはもって帰れなかった。

青年のバイオリンもとり上げられた。青年はたいそうがっかりしたが、しかたないと思った。すると友人が、「この人はバイオリンを弾くのが商売なのだから、返してくれんか」と、収容所の所長にたのみこんだ。すると、バイオリンが弾けるのなら、今夜、将校の部屋へ弾きにこい、そうしたら返してもいい、という返事がきた。

それでその夜、青年は若い下士官につきそわれて、インドの番兵が機関銃をもって見張っている入口を通りぬけて、将校の部屋までバイオリンをもっていった。

「何を弾きましょうか」と聞くと、将校は、「モーツァルト作曲の『アイネ・クライネ・ナハトムジーク』を」といった。「その曲は、弦楽合奏《げんがくがっそう》のための曲で、バイオリンの独奏曲では、ありません」と青年がいうと、「では、日本の歌を」と、青い目の人はいった。青年は弓をとり上げて、『荒城の月』を弾いた。『出船』や、『波浮《はぶ》の港』や、なにせ昔のことだから、古いそんな歌を弾いた。それから『ペールギュント』や、外国の古い歌を弾いた。将校はたいそう喜んで、戦地でこのような、生の音楽が聞けるとは思わなかった。これからも、がんばって、バイオリンを弾きなさいといい、青年にバイオリンを返してくれた。

で、青年はリュックをせおって、バイオリンをもって、たくさんの仲間たちといっしょにまた船に乗って、南の国をはなれた。南の国はもともと、南の国の人たちのものだったのだ。だからこれでいい、生きて帰れるだけでもよかったと青年は思った。

あれから四年たっていた。少女はすっかり、うるわしい娘さんになっていた。そしてずっと、青年が帰ってくるのを待っていた。長い婚約期間を終えて、二人は結婚した。二畳ほどのタタミのある小さな小屋に、いっしょに住んで、二人で畑をたがやして、なすや、かぼちゃや、だいこんをうえつけた。

やがて子供がうまれて、少し大きめの家に移ったりしたが、青年はこんどは日本から、遠いビルマやジャワの空を思ってバイオリンを弾いた。会った人や別れた人を思い、異国ですごした青春の年を思い、月を見て故郷や少女をしのんだ、遠い、日々のことを思いだしながら。

賞子の作文

夏休みの終わる数日前、賞子《しょうこ》のクラスの広田先生が家へやってきて、玄関口にすわって賞子と母親に、クラスメイトのおおとりくんが、なくなったと告げた。

賞子は、胸がどきどきした。だまって母のそばで話を聞いた。

翌日、賞子は残暑みまいのはがきをうけとった。クラスの仲よしの西くんからで、おおとりくんのこと聞きましたか、ぼく、びっくりです。……とそんなことが書いてあった。

賞子はおおとりくんのことはよく知らなかった。いがぐり頭で、丸い顔をしていた。歯をみせて笑った。おしゃべりでも、ひょうきんものでも、活発な子でもなかった。勉強より遊びが好きで、運動が好きで、先生が見てなきゃ、そうじをさぼって逃げて、宿題はちゃんとしてきて。そんなとこは他の男子と、かわりなかった。

おおとりくんは賞子の、左前の席だった。そのおおとりくんは夏休み、おかあさんのいなかへ遊びに行って、さあ帰るという日に、自転車を乗り回して遊んでいるうち、車輪をすべらせ、あぜ道から深い堀へ、自転車ごと落ちてしまったのだ。おおとりくんが見つかったのは、夜も八時をすぎてからだという。賞子は気が重かった。身近な人の死の話ははじめてだった。自転車にしがみついて水底へ落ちてゆくのが、自分のような気がした。

おおとりくんもおおとりくんのおかあさんもかわいそうだった。

「その子は、少しでも、泳げたらよかったのにねえ」と、賞子の母がいった。

そのとおりだと賞子も思った。泳げなかったおおとりくんを、なんだかとがめたい気持ちもあった。賞子はおおとりくんと仲がよかったわけでも、好きだったわけでも、同じ楽しい思い出をたくさんもってたわけでもなかった。

それでもやはり、いろいろなことを考えないわけにはいかなかった。

二学期が始まって、「夏休みのできごと」というテーマで作文を書くことになったとき、賞子は、おおとりくんのことを書いた。

『おおとりくんの死』と、題した。

それはいないかにいって、自転車ごと堀に落ちたおおとりくんの、先生が話したままの話を、書いたものだった。お友だちの死が、ショックだったこと、おおとりくんが、かわいそうだったことなど、自分の考えもまぜて。

半月ほどたったとき、クラスの広田先生が賞子の作文をもってきて、

「小林賞子さん、この作文は、たいそう上手《じょうず》に書けていましたよ。だから、市の夏休み小学生作文コンクールに、出そうと思います。それで、漢字のまちがいや、少しおかしいとこなどを、先生が直しておきましたから、清書していらっしゃい」といった。

賞子が作文をうけとると、語尾の使い方などが、赤いインクで書き直してあった。中ほどを見て、賞子は、おやと思った。

賞子は、おおとりくんのことを「おとなしかったけど、明るくて、みんなと仲よしで、勉強もそうわるくありませんでした」と、書いた。おおとりくんは、わりと、そのような子で、ただ、成績は中の下ぐらいだった。賞子は、勉強はそんなにできなかったけど、と書きかけて考え、少し、いい方をかえたのだった。そこは二本の赤線で消されてあった。

「勉強もたいへんよくできる子でした」と、先生の赤インクのきれいな字が浮かんでいた。

「先生、おおとりくんは成績がよくなかったのじゃないのですか」賞子が小さ

な声で聞くと、先生は笑って、「小林さん、作文が入選したら、市の教育委員会で出しているきれいな文集にのって、たくさんの人が読むのよ。おおとりくんのおかあさんも読むでしょう。おおとりくんはもう、なくなっていないんだから、なるべくいいように、書いてあげたほうがおおとりくんもおかあさんも、よろこびますよ」

賞子は家へ帰って、あらためて作文を読みなおした。するとまた赤い線が見つかった。

作文の終わりに賞子は、「……二学期が始まって学校にいくと、おおとりくんの席は空《あ》いていた。他に三人ほど、おやすみの人の席も空いてたけど、おおとりくんの席は、さみしそうだった……」と、書いていた。それが、「……おおとりくんの席が空いていた。他に病気でおやすみの人の席も空いていたが、そこにはやがて快復したお友だちが元気な姿をみせた。おおとりくんの席だけが、いつまでも空いたままでした……」となっていた。

「これはへんだ」と賞子は思った。これは賞子の作文だったが、賞子が感じたことと、いくぶんちがうようになっていた。なぜならおおとりくんの席はいつまでも、空席なんかじゃなかったのだ。始業式のその日に、席がえがあって、みんなばらばらに、一学期とはちがう席にすわって、新しい机をきめたのだ。おやすみの人の分の机も、ちゃんときめられた。おおとりくんの席はそのときはもうはずされて、なくなってしまった。

賞子は作文の中で、そのことを書きたかったけど、いったいたい自分の感じてるものが何なのか、さっぱりわからなかった。あやふやで、感じたことはほとんどことばにさえならなかった。

それで賞子は「おおとりくんの席はさみしそうでした」と書いておいた。ほんとうは、さみしそうでなんかなかったのだ。九月一日

の、明るい朝の教室には、堀の水底の暗さも冷たさもなかった。おおとりくんの空席も、おやすみの人たちの空席も、机の板は同じように茶色に光って見えたのである。

「おおとりくんが勉強がよくできたなんてうそだ。おおとりくんの席だけがいつまでも空席のままでしたなんてうそだ」

と賞子は思った。

「これじゃまるで、成績のいい子でなけりゃ、堀で死んではいけないみたいだ。頭の悪い子のことなんて、作文にしてはいけないみたいだ。そして、勉強のできる子が死んで、いつでも教室はそのいい子の死をいたんで、空の席を見てみんなで悲しまなけりゃいけないみたいだ」

なにかおかしい。自分はそんなことを書こうと思ったんじゃないのに。

「これはわたしが悪いのだ。空席はさみしく見えなかったのに、さみしそうでした、などと書いたわたしが悪いのだ。おおとりくんの成績は下のほうだったのに、勉強もそう悪くなかった、などといって、ごまかした自分が悪いのだ。自分が最初にごまかしたから、先生はわたしのごまかしに手をかして、これをみごとな、頭のいい子の死をいつまでも悲しむ作文にしてしまったのだ。でも、そうじゃない。

わたしは、おおとりくんが死んだと聞いてびっくりしたけど、泣いたわけじゃない。かわいそうだといったけど、同情したからで、悲しかったわけじゃない。わたしが、いちばん悲しかったことは、水の底に沈んだ、あの子の死じゃなくて……」

すると頭の中の絵は、わあわあさわぎながらやった、九月一日の席がえのもように変わっていった。「席がえが悲しかったのだ」でも、そんなことをどうつづったものか賞子にはわからなかった。

「もし、自分が死んだら、やっぱり席がなくなってしまうのかと思うと、それがいちばんつらかったのだ。だから、おおとりくんの死が悲しかったのだ。だから、作文を書こうと思ったのだ」

賞子が赤い字のとおりに清書した作文は、佳作に入って、広田先生が、「よかったわね」と、文集をわたしてくれた。賞子は、すっかりべつのことを考えていて、ちょっと先生の目を見て、だまって本をうけとった。

銀の船と青い海

サムはお正月にトランプを買ってもらった。トランプにはカードうらないの本がついていた。サムはカードうらないが大すきだった。

「絵のついたカード十二まいに、ジョーカーを加えてやるんだよ」と、サムは妹のマリにいった。そして十三まいのカードをしゃかしゃか切ると、右から左へ並べはじめた。五まいめは、一まいめの下へおき、また左へ並べていった。

「上下、左右に同じ絵がきたときは、ぬいてしまうんだよ。ジョーカーはどの絵とでもぬける。こうしてると、つぎつぎにカードがなくなってしまう。そして、さいごに必ず一枚のこるのだが、それがその日の運勢《うんせい》さ」そのとき、さいごに残ったカードはジョーカーだった。サムはうらないの本をみた。

「さいごのカードがジョーカーなら、めくってみること」そう書いてあった。めくると、鉄のカギが出てきた。サムもマリも目をぱちくりさせた。うらないの本にはすみの方に、「カギはカギあなに入れて回すこと」と、書いてあった。でもそのカギは家にあるどのドアの、どの窓の、どの戸だなのカギあなにも、ぴたりと入らなかった。

「いったいどこのカギだろう」サムもマリも首をかしげた。

ある日曜の夕方、ふたりで公園の前を通ると、小さな木のドアが目についた。それは公園のうら門で、へいをおおったつたでかこまれ、長いことあけられたようすがなかった。

「このドアがあけば家へ帰るのにずっと近道なのに。公園をよこぎっていけるから」マリがいうので、サムは鉄のカギをカギあなに入れてみた。カチリ。カギは回ってドアが開いた。星のふる夜の港で、青い海に銀の船が浮かんでいた。

サムもマリもびっくりした。夜の海はどこまでもつづいていた。

「これ、近道かしら」

「さあ」サムはカードをとりだして、うらなってみた。ジョーカーが残った。めくると、「出発」と書いてある紙があった。それでサムとマリは、とにかく船にのることにした。

船は夜光虫のようにきらきら輝きながら船出した。海は、いくえにも張った青いセロハンのようだった。

「まあ、船が海の中に沈んでいく」マリがさけんだ。ふかい霧の中に沈むように、船は海底めざして、どんどんと進んでいった。サムもマリも、ちゃんと水の中で息ができた。それにあまり、水の中という感じはしなかった。サムはまたうらないをやってみた。またジョーカーが残ったが、めくると、夏の夜店で売ってる花火が一箱出てきた。

そのうち、ゆくてに島が見えてきた。

「海の中に島なんて」と、マリがいった。

ちいさな港にやがて銀の船は入っていった。ふたりが船をおりると、みどり色の小人がずらりとふたりをとりかこんだ。

「おまえたちはどこからやってきた」と、いちばんりっぱな服をきた男が聞いたが、背たけはサムのひざこぞうぐらいまでしかなかった。

「カードうらないをしてたらきたんだよ」とサムは答えた。

「これはいいカードだ」と、男はいった。

「このカードをよこせ、あの船もよこせ」サムとマリはびっくりした。

「だれがあげるもんですか。なんてしつれいな人なの」マリがおこってどんと地面をふむと、地ひびきに小人たちは、みんなでんぐりかえった。

「こいつらをとらえろ」とりっぱな服の男はどなった。「とらえて、星まつりのいけにえにしろ」

サムとマリはますますびっくりして、小人たちをはねとばして逃げだした。小人たちは弓矢をつがって、うちはなした。何千本と飛んできた。ふたりは森の方へ逃げた。一本の矢がちくりとサムのうでにささった。それにはあっというまに死ぬ毒がぬってあった。サムはばったりたおれた。

「サム！」マリが泣きそうになって矢をぬくと、どくどく血が流れた。

「ああ、どうしよう」サムはだんだんつめたくなっていく。「どうしよう」

ふいに目の前に、トランクをもった青い顔の少年があらわれた。「あっ、だあれ？」マリはサムをだきしめたまままたずねた。

「死神だよ」と、少年は笑った。

「まあ、よしてよ」マリはサムのポケットからカードをとりだした。

「なにをする気？」と死神はきいた。

「いい運勢をうらなうのよ。サムが死ぬなんて、あんまりよ」

「いいカードだね」と死神はいった。マリはちょっと考えた。

「ねえ死神さん、トランプゲームをしない？　わたしが負けたらサムとカードをあげるわ」

「ほんとかい」

「あなたが負けたら、消えるのよ」

「いいよ」死神は大にこにこで、マリとばばぬきをはじめた。

そしてもののみごとに負けた。マリは、ばばぬきが大とくいだったのだ。

「さあ約束よ」がっかりした死神が消えると、サムは目をさました。

「いてて、けがをした」マリはハンカチできずぐちをしばった。

「サム、船にもどって帰りましょう」

「そうしよう。小人にみつからないように」


ふたりがこっそり港に近づくと、銀の船のまわりで、小人たちは踊っていた。

そして船のへさきに、金髪の美しい少女が、しばられていた。

「まあ、かわいそう、あの人はきっと星まつりのいけにえよ」少女はほろほろ金色の涙をこぼしていた。

「よし、助けよう」サムはさっきジョーカーが出した花火をとりだした。近くのかがり火をとると、つぎつぎに火をつけて、小人たちの踊る輪に向かってなげつけた。

しゅしゅ！

ぱん！　ぱん！　ぱん！　ぱぱん！　ねずみ花火もあった。しゅ！　しゅ！

さあ、小人たちは大さわぎ。ひめいをあげて逃げだした。ショックで死んでしまうものもいた。すると青い顔の死神がまたあらわれてトランクに死体をつめこんでいった。このすきにサムとマリは少女を助けて銀の船にのりこんだ。

小人たちは気がついたけど、残った花火をサムがみんななげつけたので、こわがってだれも追ってこなかった。船はきらきら上へ上へと出航した。

「どうもありがとう」と、きれいな少女はいった。「わたしはうるわしの星の姫君です。三日月に糸をはって、いつも歌を歌っていたの。でも、足をすべらせて小人の島へ落ちてしまって、ずっととらえられていたのです。やっと空へ帰れます」姫君がにっこり笑うと髪が七色にゆれて光った。

やがて海をわたって、公園の港へついた。サムとマリがおりると、船はそのままわずかなもやのかかった夜空へ、銀の尾をひきながら上がっていってしまった。姫君の歌う声がとおく聞こえた。

サムとマリは顔を見合わせた。それから、公園のうら門をあけて、外に出た。こちらがわはまだ夕方で、家に帰ると六時まえだった。

「おそくならずに帰ってきたわね、ふたりとも。すぐ夕食よ」と、おかあさんがいった。

それからサムとマリは何度もカードうらないをやってみたけど、なかなかジョーカーで終わらなかった。たまにジョーカーが残ったが、もうなにも出てこなかった。そしてうらないの本には、まえとちがってこう書いてあった。

「さいごのカードがジョーカーなら、めくらずに、もういちどやりなおすこと」

花のお茶会

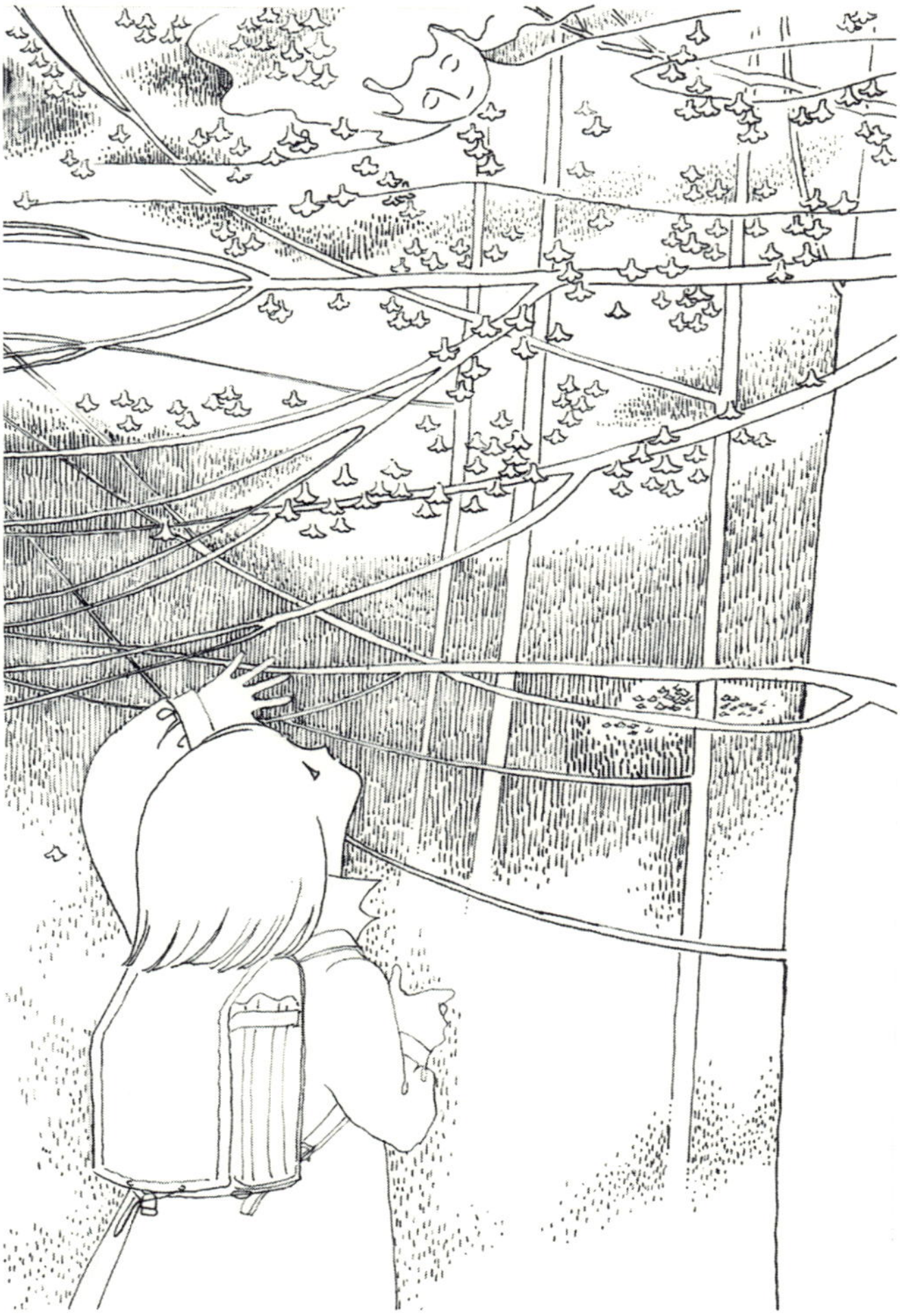

万里《まり》は、いつものとおり駅の改札口を、通学定期でとおりぬけると、プラットホームで下りの電車を待ちました。やがて電車がきて、たくさんの下車した人のかわりに万里は乗車し、空席を見つけて、ランドセルをせおったまま、こしかけました。万里のおりる駅までは、二十分ほどの時間がありました。いつもなら、図書館から借り出した本でも読むのですが、午後の体育でグラウンド一周をやってすこしつかれてたので、おりる駅をとおりこさなきゃいいけどどと思いつつ、こくり、こくり、うとうと、してしまいました。

はっと目がさめると、あっ、つぎはどこだろう、と左右に首をふって見てみましたが、窓の外にはいなかの風景がつづくばかりで、見なれたけしきのようでもあり、知らないけしきのようでもあって、さっぱりわかりません。お客さんはというと、おとなの女の人がほとんどで、何もいわずにきちんとすわって、なんだか、きょときょとしてる万里を笑ってるようでした。窓の外をふいとふりかえって、万里の横にすわっている女の人が「うす曇りですこと、お茶会が雨にながされなければいいのですが」ときれいな声でつぶやいて、万里に、「あなたもお茶会へいらっしゃるのでしょう」といいました。

「いいえ、学校から家へ帰るとこです」と、万里が答えると、女の人はちょっとふしぎそうな顔をしました。

そのとき、電車はゆっくり止まりました。すると、いくらかいた乗客はいっせいに立ち上がってホームへ出ていきました。万里の横にいた女の人は、万里に笑いかけて、「そらっ、やっぱりあなたもお茶会にいらっしゃるんではありませんか。そらっ、おりましょう。終点ですから」といいました。万里がホームを見ると、〝終点・花見駅〟と立札がありました。

これはねむっているうちに、終点まできて、おまけに私は、婦人会か何かのお茶会にまぎれこんだらしい。万里はあわてて、電車をおりると、駅員さんをさがして、帰りの電車が、何時に出るか聞こうとしました。駅員さんは改札口にいてキップを切ってました。万里が「あの、私、のりこしてしまって」と定期を出すと、定期に、金のふちどりをした『花見駅往復』のキップがはさんでありました。「花見駅往復」と、駅員さんはいって、ぱちんとキップに歯形を入れ、「どうぞ楽しいお茶会を。帰りの電車が出るときは知らせます」と、万里を改札口からおし出しました。

改札口を出ると、そこは一面若木のはえた林で、少しいった盆地にいっぱい、赤いもうせんがしきつめられ、十人かそこらの人々がおじぎしたり、話ししたりしてましたが、どうやらいっしょの車内にいた女の人たちのようでした。うちのひとりが、万里においでおいでをしますので、そばに歩いていってみますと、万里の横にすわっていたあの女の人でした。

「さてみなさまおそろいでしょうか。あいつぐ雨で今年のお茶会は、日がおくれましたけれど、きょう、場をもうけることができました。花も咲きそろったことですし、どうぞ、おらくに一年分のお話でもいたしましょう」

お湯をわかした茶釜のそばに、うすむらさきの着物を着た女の人が、そういいつつすわり、なんだか軽々とひしゃくをふりまわしながら、さっさと人数分の抹茶をとくと、みなにくばりました。白い求肥《ぎゅうひ》のお菓子が出て、万里は自分はまちがいでこの婦人たちのお茶会にいるのに、お茶をのんだものか、お菓子を食べたものか、といろいろ考えてますと、さあっと風がふきあげてきました。とたんに、風のぬけ道のいちばん近くにいた、和服の婦人から、ぱっと千ものサクラの花びらが舞いあがり、赤いもうせんの上一面にさらさらと散ってきました。

　万里は、あの、うすももいろの和服の婦人は、髪やそでに、サクラの花びらをごまんとかくしてきたのじゃなかろうかとびっくりしましたが、どうやらあきれかえってるのは万里だけらしく、うすももいろの和服の婦人も、みんなも、何事もなかったふうにお茶をのんでいます。万里の横では、白い服の婦人と、赤い服の婦人が、くすくす笑いながら話していましたが、ふとひざもとに気づくと、ウツギの花がいくつも落ちていました。この上にウツギの木でもあるのかと、万里は木々をふりあおいでみましたが、ウツギらしい木は一本もみえません。万里はますます目をまるくしましたが、白い服の、その婦人が笑いさざめくたびに、少しかすんだようにふわりとした髪の間から星のようなウツギの花がこぼれて、くるくると回りながら散ってゆくのでした。

　と、すると、その向こうの赤い服の人は、色あいといい、髪のかんじといい、レンゲツツジの花のようだし、お茶をたてたうすむらさきの着物の人は、フジの花のようです。むかいにすわっている人からは、香水かと思ったら、クチナシの白い花の香りがぷんぷんにおってきますし。最初、電車の中で万里の横にいた人は、全身から粉でもふいたようにしてすわっています。あれはユキヤナギの花にちがいありません。

次に吹きあげてきた若木林の風に、みんないっしゅん目かくしでもくらったように、花吹雪の中にとじこめられ、春花の香に万里は息ができなくなり、思わず立ち上がりました。もうせんの上は、とりどりの雪でもふったかのように花びらが積もり、みんな、器から花びらをふるいおとしながら、こんどお琴の会においでくださいだの、つぎ木のしかただの、列車に乗って旅行した話だの、していました。

「まあま、おすわりなさい」と万里のななめ方向にいたコブシの花がいいました。「お茶会ははじめてのようね」そして、お菓子ざらから花びらをはらって、万里に、はい、とくれて、「若木さんでしょう」と、いいました。若木というのはたしかに万里の姓でしたが、でも私はミズキでもボケでもないのに。そこで、はっとして、頭へ手をやってみましたが、ぱらぱらと落ちてきたのは、さっきの風でとんだサクラやヤマブキの花びらでした。

「昨今《さっこん》、都会はまことに、暮らしにくうございます。何分にも、空気が悪うございます。やはりオナガやウグイスの鳴く、山の中に暮らすのがいっとうでございましょうなあ」こい緑色の和服の、ひげのおじさんがどっしり正座して、そう話していました。これは何の花だか万里にはわかりませんでした。

「山の中とはいえ、このごろは山を切りくずして、どしどしと家がたってきてます。安全とはいえません」と、シャクナゲがいいました。「町々から四季の木の花の色と香りがぬけたらたいそう味気なくなってしまうでしょうね。やはり、わたしらもめでてほしいし、それに、まだひとり立ち歩きのできない小さな若木が、町にはいっぱいいますし、ここはわたしどもが退散するだけでなく、ふみとどまって毎年花々を咲かせねば。いずこも住めば都と申します」そういうシャクナゲは、うっすらと白地に橙《だいだい》をそめた服を着ていました。

「さて、そろそろおひらきにしましょう。日も暮れてまいりましたし、空も曇ってまいりました」

フジがそういって着物のすそをおさえながら立ち上がると、はらはらと花ぶさが散りました。

みないっせいに、ゆうがに花びらを散らしながら立ち上がり、来年も、とか、いろいろ頭を下げながらあいさつをしあい、花々の香りをまき散らしつつ、駅へゆくと、帰りの電車に乗りこみました。

やはり万里も、電車に乗りこみ、町々では木々たちが、年にいちどは空気をすいに、人間に化けていないかへ遠出するのかしらと考えてるうち、とてもねむくなって、またうつらうつらとしてしまいました。

はっと目がさめると、車内にはどこか植物めいた婦人たちの姿はなく、通勤の会社員たちでいっぱいでした。止まった駅がちょうど万里のおりる駅でしたので、万里はあわてておりました。そのとたん、どんと男の人にぶつかってしまい、まっかになって頭を下げると、その人はちらと万里を見たきり、ずんずん改札口をぬけてしまいました。緑色の着物のおじさんでした。あれはたしかにお茶会にきた人です。万里は定期入れをとりだし、半分になってる金のふちどりのキップをみつけ、やはり夢ではなかったと、周囲を見回しましたが、もうそれらしい人はいません。

駅前広場の大きなクヌギがしかめつらして、緑色にそよいでいるばかりでした。

北の庭

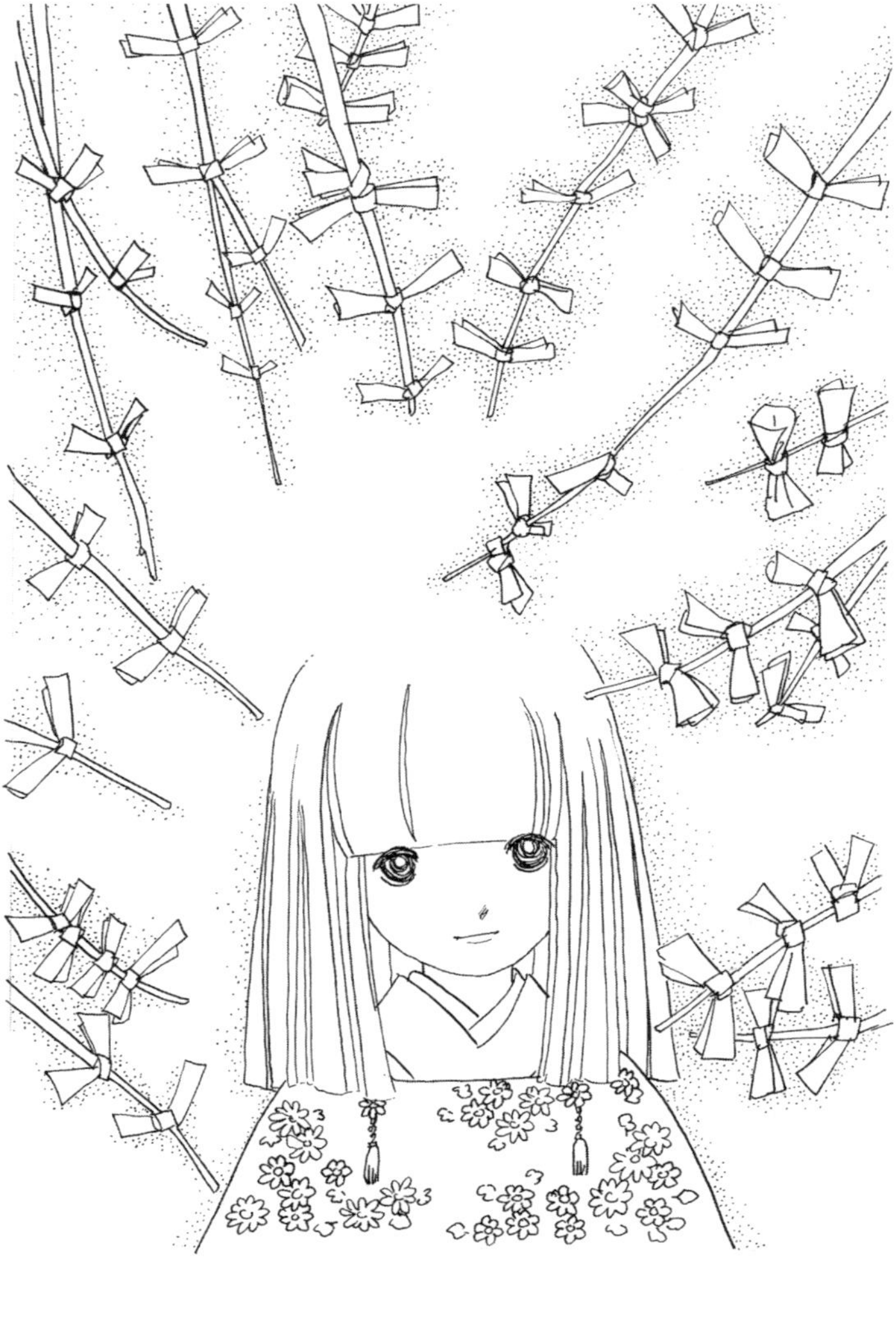

悦ちゃんのことを話したい。

ある風の強い冬の晩、表戸をドンドンたたく音がして、母が土間におりて戸を少し開き、そのとたん、さっと入ってきた冷気はひばちの上にこもってた、あったかい空気の小山を吹きとばし、次の間でねていたわたしの顔をすうとなでた。わたしは、夜具の上に起きあがった。

「上田さんかたの悦ちゃんが」と、母はこっそり足音をたてずに、わたしのそばにきて、「ほんとに、いましがた、なくなったんだって」。聞くと同時に、わたしの顔は、くしゃっとなって、「おかあさん」と、母のひざにつっぷしてしまった。悦ちゃんはわたしのいとこだった。こんどの三月で、六つになるはずだった。わたしと、三つちがいの、静かな、病気の子だった。

悦ちゃんは桃の木の下にいた。それが悦ちゃんに会ったはじめじゃない。だけど、悦ちゃんが外に出てるのはめずらしかった。桃は満開だった。悦ちゃんはにこにこしていた。

「鏡子は悦ちゃんよりはずっとお姉さんなのだからね、悦ちゃんのいうことは、なんでも、はいっていって、聞かなきゃだめよ。よいね」母は何度も何度もねんをおした。

「悦ちゃんが、いじわるだったらどうするの」わたしは、母にたずねてみた。

「悦ちゃんは、いい子よ」

「でも、わがままいったらどうするの」

「ちゃんと、はいっていうのよ」母は、きつくいった。でもわたしは、悦ちゃんって子がいじわるだったら、はいなんていうものかと思いながら、母と、上田呉服屋のおおきなのれんの前に立った。悦ちゃんのお母さんの案内で、母屋をぬけると、渡りろうかがあって、その先の二間つづきのはなれが悦ちゃんの部屋だった。悦ちゃんはねていた。わたしは気負ってきていたので、ひょうしぬけした。

それからは上田の家への道を覚えて、ひとりでときどき遊びに行った。きょうきてくれませんか、と使いの人がくるときも、あった。だけど、行ってもたいてい、悦ちゃんはねていた。わたしは、悦ちゃんのおばあちゃんに、甘いお菓子をいただいて、悦ちゃんが目を覚ましてると歌を歌ってみたり、おとぎ話をしたりした。「悦ちゃん、いくつ」聞いても悦ちゃんは答えなかった。

「悦ちゃんはどこがわるいの」母に聞くと、「よく知らないんだけど、息がつまるんだそうだ」。

「それ、うつるの」

「いやあ」母は息をついて、「さおさんもね、いいとこの家に嫁にいったはいいがね、でもぉ」。あとはくちの中でもごもご。

「さおさんて、悦ちゃんのおかあさんのこと」若い女の人が、さおさん、と呼ばれてたのを思い出して聞くと、「でもほんとの悦ちゃんのおかあさんじゃないのよ」。

「えっ」わたしはもいちど「えっ」といって、「どうして、どうして」びっくりして母のひざをぐいぐいおした。

「悦ちゃんのおかあさんは、悦ちゃんを生んですぐなくなったのよ」わたしは下を向いてしまった。「悦ちゃんは、かわいそうね」

「そうね、鏡子は、仲良くしてあげなけりゃね」

母は上田の家に義理をたててただけだが、わたしは心から悦ちゃんに同情して、さらにしばしば上田家へ通った。さおさんは、いつもにこやかにわたしをむかえてくれたが、ろうかを渡ってはなれへは行かなかった。そのかわり、おばあちゃんがいつも悦ちゃんといて、でんとはなれにいすわっていた。

はなれの庭はわたしにも、手のこんだつくりだとわかるほど、ねんのいったきれいな庭だった。南の日だまりに、桃の木が一本あったから、悦ちゃんはそこに立ってたにちがいない。また夏の暑い盛りにゆくと、木戸をくぐったはなれの裏手の、北の庭に悦ちゃんはいた。悦ちゃんはいつも着物を着ていたが、陽の当たらない、白いサルノコシカケや何やらついた冷たい木によりかかって、足もとの水っぽい白砂や、こけやらをふんで立ってるさまは、何やら人間くささやらしさがまるでなく、庭木の一本にすぎぬようにも見えた。

「ひやっこいね」と悦ちゃんは笑った。悦ちゃんは、桜の木にてのひらをおしつけ、その手を、わたしのうでにおしつけて、「悦ちゃんのようね」といった。おしつけられたてのひらは、じんと冬の霜のように冷たかった。北の庭はこけの緑と影の白さにそまっていた。赤い着物を着た悦ちゃんの、体の冷たさがいまにも庭の中に、すいととけこむかのようだった。

月おくれの七夕に、悦ちゃんを訪ねると、その日はふせっていた。縁側に、五色のたんざくがきれいに並べてあって、わたしが学校で習ったばかりの字が、墨の色こく、書かれていた。わたしはぼんやりそれを読んでいたが、いきなりはっとした。それらの字を、悦ちゃんが書いたのだと急に知った。天の川、おりひめ、ひこぼし、はくちょう。どこで悦ちゃんが字を覚えたのか。悦ちゃんが字を読み書きできるとは、考えたこともなかった。いつも、息をつめてよこになっていただけだから。何冊かの絵本はあったが、読んであげるときは、いつもだまって聞いていた。

悦ちゃんはおとなしかった。ほとんどわたしがひとりで話しかけ、あまり返事もくれないので、わたしがかってに話を引きまわしていた。おりひめ。ひこぼし。はくちょう。いつ、そんなことを悦ちゃんは考えてたのだろう。それはたいそうきれいな字だった。

「悦ちゃん、こうするのよ」わたしは、悦ちゃんにあやとりを教えた。でも、かわりばんこに取るあやとりは、すぐ糸がもつれた。ひとりでやらせると、悦ちゃんはゆっくり指おって、見てるといつまでもいつまでも花になったりくもになったりしながら、あやとりは続いていった。

お正月のすこしまえに、悦ちゃんの気分のいい日を選んで、上田の家では神社におまいりに行った。

「白いお花が咲いている」と、悦ちゃんは、枝々にむすんである、おみくじを見ていった。

「お願いごとを、むすぶのよ」とわたしは教えた。それとも、悪い願いを飛ばせるのだったかな？　と考えながら、わたしは悦ちゃんに、おみくじをひとつひいてあげ、おばあちゃんが「大吉だよ、悦ちゃん」と、それを読んでくれたが、わたしには意味がわからなかった。悦ちゃんはふと、「どこへゆくの」といった。

「何が」

「木にお花がほんとに咲いたら、お願いごとのお花はどこにゆくの」おみくじは、白く光っていた。どこへゆくのか、わたしは知らない。

年の暮れから年の明けに、悦ちゃんはまたねこんだ。はなれを訪ねると、はだかの桃の枝に、おみくじがいまにも落ちそうに結んであった。庭におりてそれを取ると、それは白い半紙をおりたたんだもので、中には、字が書かれてあった。

〝かみさま、わたしは、いきたいのです〟

カミサマ、生キタイノデス。

わたしは悦ちゃんが自分でつくったおみくじを、もとの木にきっちりしばりつけた。

あまり、たくさんのことは考えられなかった。冬の道を帰りながら、悦ちゃんを生んですぐなくなったお母さんのことなどが浮かんだ。あられがいきなりぱらぱらと横なぐりにふきつけてきた。家へつくころには、それもやんでしまった。悦ちゃんのおみくじの字は、長いことわたしの頭をはなれなかった。

花をつくりくもをつくり、ひとりあやとりを、指おって続けていた悦ちゃん。あやとりのもようは、悦ちゃんの考えのようであり夢のようでもあった。

北の庭の冷たさは、悦ちゃん自身の命の冷たさのようでもあった。

人形の館

駅前の通りを下って時計塔を右手にゆくと、『ふしぎの国の人形の館』というお店があります。

三十ペンス払うと入れるのです。お店の中は、人形でいっぱいだというのです。それはもう、青い目のお人形や、まき毛のお人形や、白い服や赤い服を着たかわいいお人形がいっぱい、ガラス戸の中でわらってるというのです。メリィ・メリィは、この『人形の館』に入りたかったのですが、そのときはお金をもっていませんでした。それで、入口を行ったりきたりしていると、海のほうの道路から、長いくつしたをはいた男の子が走ってきました。

「ねえきみ、この中へ入りたいの？」

男の子は、メリィ・メリィのそばへきて、ちょいと息を切らしながら、話しかけました。

「ええ。でも、おかあさんと、あしたこようと思うのよ」と、メリィ・メリィは答えました。

「なぜ、いま入らないの」

「いま、お金がないの」

「ああ、それならきょうは、金曜日だから入場無料の日なんだよ」男の子はそういって笑いながら、メリィ・メリィの手をとると、『ふしぎの国の人形の館』と書かれているドアをくぐりぬけました。

なるほど、切符売り場の窓はしまっています。メリィ・メリィは、わくわくして、男の子に笑いかけました。

「まあ、わたし知らずに帰っちゃうとこだったわ。わたし、とてもこの人形の館の、かわいいお人形がかざってあるのを見たかったのよ」

「いっしょに回ろうよ」と、男の子はいいました。で、メリィ・メリィと男の子は手をつないで、館の、最初のへやへ入りました。

するとたちまち、お話の世界が広がりました。ウィンドーは五つあって、そのひとつひとつのウィンドーの中に、お人形がいました。それはある歌やお話の一場面でした。最初の窓の中では、白いドレスを着たシンデレラのお人形が、かぼちゃの馬車にのろうとしていました。遠くに、王子様のいるお城が見え、いく重ものレースを重ねた、ごうかなスカートの下に、シンデレラは、キラキラとダイヤをちりばめた、ガラスのくつをはいていました。シンデレラはお城へ行くのです。そして王子様と出会って、恋におちるのです。

つぎの窓は、白雪姫でした。白雪姫は七人のこびとたちと、森でくらしていました。いま、朝ごはんを食べているところです。テーブルの上にはパンとスープがあります。お人形たちは、おいしそうに食べています。でもこびとたちが出かけ、お昼になると、魔女が毒のリンゴをもってやってくるにちがいありません。

つぎの窓は、広い野原でした。草の上で、お人形が、おかゆを食べています。すると、木の上から、おおきなクモが、スルスルと、お人形の頭の上におりてくるのです。このクモは電気じかけらしく、いつまでも木の上から上がったり、下がったりをくりかえしています。

「ああ、これは、〝小さなミュフィットさん、おざぶにすわって、ごはん食べてたら、クモがやってきて……〟って歌でしょう」メリィ・メリィは、よろこんでいいました。それで、男の子とメリィ・メリィは、〝小さなミュフィットさん〟と歌いながら、つぎつぎと窓を見てゆきました。

つぎのへやにゆくと、またいくつも窓があって、そうしてつぎつぎと奥のへやへつづいてて、最後にはまた入口にもどってくるのでしたが、館は広くて、どこまでいっても、もうおしまいになりませんでした。

ひとつひとつの窓のむこうにくりひろげられるお話の世界は、メリィ・メリィの知らないのもありましたが、男の子はどの窓のお話もみんな知ってて、メリィ・メリィに話してくれるのでした。

それに、お人形がとてもかわいいのでした。〝メリーさんの羊〟の窓の中には、学校の先生のお人形が、上品なスーツを着て、本をもって、髪をゆいあげて、黒板の前に立っています。学校に羊をつれてきた、メリーさんをしかっているのです。いっぽうのメリーさんのお人形は、チェックのセーラー服を着て、麦ワラ帽子をかぶり、白い羊のお人形をだいてしょんぼりしています。

こちらの窓の中のへやでは、すっかりお茶の用意ができて、大きな石のだんろの上に、鉄のやかんがのっかって、お人形のポリーがお湯の番をしています。〝ポリー、やかんをわかしてよ、みんなでお茶をのみましょう〟と、メリィ・メリィは男の子と歌いました。

それから、それぞれ、しゃれたコートを着て、帽子をかぶったお人形が、楽

譜をもってクリスマス・キャロルを合唱していました。手前のお人形はオルガンのキィの上に指をおいて、オルガンをひいています。

さて、こんなふうにいくつもいくつもの窓を見てゆくと、とうとう最後のへやにきました。

「おもしろかった？」と、男の子は聞きました。

「ええ」とメリィ・メリィは答えましたが、何かものたりませんでした。

「わたし、じっさいにお人形にさわったり、だきしめたりできないのがつまらないわ」と、メリィ・メリィは男の子にいいました。「わたしがいっしょうけんめい見てるのに、お人形はみんな知らないふりをしているわ。わたしは、お人形をだいて、ボンネットのひもをむすんでやったり、くつしたやくつを、はかせてやりたいわ。それから、いすにすわらせて、わたしがお茶をいれて、どうぞと、お人形にすすめたいわ」メリィ・メリィは、どうしても、お人形が好きで、窓の中で、やかんの番をしたり、シンデレラの役を演じてるとは、思えない、という気がしてきていました。

「お人形は、女の子と友達になって、だかれたがってるのよ。だって、石のだんろに、火はないし、オルガンは鳴らないし、クリスマス・キャロルは聞こえないわ」

するとと、男の子はいいました。

「お人形は夢を見ているんだよ」

「夢ってなあに。なんの夢？」

「むかしの夢だよ」

メリィ・メリィは、たいそうふしぎに思いました。「むかしの夢ってなあに？」

「それはね、むかしむかし、いまから百年もむかしに、ここにあるお人形は、つくられたんだ。それは古いお人形なんだよ。百年前に、どこかのおじょうさんたちが、お人形づくりの人からつくってもらって、よろこんで名まえをつけて、弟にしたり妹にしたり、娘にしたりして、毎晩、だきしめていっしょのベッドでねむったんだよ。どのお人形もそういった、むかしの思い出をもっているんだ。どのお人形も、どこかのおじょうさんにかわいがられて、たくさんひみつのお話を、そのおじょうさんとしたんだよ。そして、そのときから、お人形は夢を見ることを覚えたんだよ。お人形の夢というのはね、たとえば、あそこに描かれているのはクレヨンの森だけど、それがほんとうの森になって、お人形は森の中へいけるんだ。だんろにはほんものの火がもえて、紙の上にかかれたドアがあいて、お茶をのむお客が入ってくるんだ。メリーさんは羊をだいて、学校のドアから出て家に帰るんだよ。でもそれはね、いつも人がいるときにはけっして起こらないんだ。それは、金曜日のお休みや、夜中にだれもこないときに起こるんだよ」

「まあ、ほんと」メリィ・メリィはおどろいていいました。「でも、金曜日はお休みじゃないわよ」

「ほんとうは、お休みなんだよ」男の子はメリィ・メリィの手をしっかりにぎっていいました。そういえば、館内には、ほかのお客の姿はひとりも見あたりません。

「それでね」と、男の子は、最後のウィンドーケースに近づいていきながらいいました。その窓には、井戸がひとつあるきりで、お人形はいませんでした。

「メリィ・メリィ、こんな歌知ってる？〝ジャックとジルは丘へゆき、井戸から水をくみました……〞それでぼくはジャックでね、ジルは……」メリィ・メリィは後ずさりしましたが、男の子は手をしっかりにぎってはなしません。

「ジルは井戸に落ちておぼれちゃった」メリィ・メリィはひめいをあげました。頭から血の気が引きました。お人形たちは、ガラス窓にはりついて、ふたりのようすをじっと見ているのです。

「だから、ジルがいるんだよ」男の子はそういって、目を人形のように見開いたままの少女を、窓の内側へゆっくりと引きよせていったのでした。

地球よいとこ一度はおいで

「なんとここは美しいところだ」

たいそうに背の高い男の人が、ぶらぶらと小道を歩いてきて、ごめんもいわずに、ななの家の庭に入ってくると、ため息をついてそういった。

そのときななは、庭の木のまたにまたがって髪に花をさして、悪人に追っかけられるお姫さまのつもりになっていた。

「あっ、悪人がきたわ」と、ななは男の人をみつけてさけんだ。「きゃー、たすけて、だれかきて。つかまる。さらわれる」

だが背の高い男の人は、お姫さまをさらうかわりに、にっこりと人なつっこく笑いかけて、こう聞いた。

「これは何だね」

男の人がさしたのは、門柱のそばにあるハート型の実がいっぱいついてる木だった。「リラよ。でも、花はもう落ちちゃったわ。そこについてるのはリラの実よ」と、なな姫はすこししらけて答えた。悪人はお姫さまに笑いかけたりなぞしてはいけない。だが、男の人は、ななの遊びにはとんちゃくしなかった。かきねをゆびさすと「これはなに」と、聞いた。

「それはグスベリよ。まだ青いから食べられないわよ」

「これもグスベリか」と、男の人は池のそばの木を指さした。

「これはカレンツよ。これはもう赤くなってるから食べられるわ」

「食べられるの」

「食べられるわよ。いつも、国有林から小鳥が飛んできて、食べてるの」

男の人はますますにっこりと笑った。「では食べよう、食べよう」そして、赤いふさをもぎとると、ひとつぶずつ、にこにこして口にはこんだ。

「おいしい?」と、ななが聞くと、「おいしい」と答えて、ますますにっこりと笑った。まったくあいきょうのあるやさしい顔で、その人の笑顔を見てると、ななもうれしくなった。どこかで見たわ、この人の顔。たしかにどこかで。なんだったかなあ、とななは考えた。男の人はいった。

「おお、ここはいいところだね、いいところだね。たいそう美しいところだね」

北海道の初夏、風はたいそうまろく気持ちよく吹いていた。春咲きの花々はもう種を落としはじめていたし、くわの実もからすうりの実も甘くなっていた。

いちごはまだいくつも白い花をつけ、バラのしげみはいいにおいをさせていた。うら庭のしげったところでは、スズランがゆれてたし、小学校へつづくポプラ並木は青い空にきらきらと輝いていた。

「おお、美しいところだね」男の人はもうひとふさ、カレンツをほおばりながらいった。よこの池では水色のトンボが何十匹も飛びまわっていた。しんとした間があると、たちまちカエルがゲッゲゲッと鳴きだした。「おお、美しいところだね、この地球は」この人は旅行者だ、と、ななは考えた。そして、北海道の夏はたぶんはじめてな

のだろう。北海道の夏は、きっと日本のどんなところよりも、さわやかで美しいと、ななは思う。それは北海道の風と空気と光がつくりだす、夏のまほうだ。ななは、うっとりと、風や花の香りや青葉の色に見いっている旅行者を見ていた。

「あしたまた、きましょう」と、その人はいった。髪はタンポポの綿毛のように白かったが、顔にひとつのしわもなかった。

「あなたのなまえは？」

「ななよ。ささやまななというの」

と、ななは答えた。「なな」と、にっこりと、男の人はいった。「わたしは明日、ともだちをたくさんつれてまたきます。ここは美しいし、あたたかいし、気持ちのよいところです。ともだちをいっぱいつれてきて、こんないいとこで、一生くらしてもいい。おお、すばらしいとこ、ともだち山ほどつれて、明日またきます」

そして男の人は、にこにことカレンツを食べながら、カニのように横ばいに、踊るように歩いていってしまった。ななは、明日はどれぐらいともだちをつれてくるのだろうと思った。ところが、それっきり、一日、二日、三日、一週間たっても、背の高い男の人は二度と現われなかった。

ある日、ななは学習百科を見ていた。すると、見おぼえのある写真がでてきた。あっ、とななは思った。どこかで見た顔だ見た顔だと思っていたら、あの人のにこにこ顔は、学習百科にのってるオランウータンにそっくりではないか。

「インドネシア語でオランは人間、ウータンは森。では、あのオランウータンはどこの森からきたのかな。マレーの山奥かな。北海道にはオランウータンはいないものね」

あの旅行者はやくそくをわすれて、帰ってしまったのだ。ななはにこにこ顔を思い出すたび、またくればいいのにと思った。

それから五年目の冬。その人はまた現われた。ななは中学生になってて、クラブ活動ですこしおそくなって帰ってきた。さらさらとふってきた雪の中、駅から人家のない小道を、ふきだまりをさけながらこぽこぽ歩いてゆくと、カニのように横ばいに、なおかつ踊るように、背の高い男の人が向こうからくるではないか。そして、ふきだまりに足をつっこんで、どっと横だおしにたおれて、ひめいをあげた。「きゃー」

ななはあきれて、おどろいて、そばに飛んでいって、雪の中から、かのオランウータンをすくいだした。

「まあおじさん。まあ、いつかのおじさん。わたしを覚えている？　わたしななよ」

「はくちょん」と、男の人はくしゃみをした。

「なな、ひどい。はくちょん。これはなんです。はくちょん。カレンツは。グスベリは。バラは。トンボは。ポプラは。このつめたい白い粉はこの土地をおそっているのですか」

「しっかりしてよ」と、ななは、いった。

「いま、冬でしょう。トンボもカレンツも夏でしょう。冬の北海道で、バラとポプラをさがそうったって、そりゃむりでしょう。おじさん、オーバーも着てないで、どうしたの」

「え、冬？」と、男の人は泣きそうになった。

「信じられない。きのうはあんなに美しくて気持ちがよかったのに。きのうはカレンツも食べたし、バラの香りもよかったし、わたし友だちつれて明日くるっていったでしょ、なな。でもつれてきた友だちは、わたしがうそをいったといって、みんなおこって帰ってしまった。こんな寒いとこに住めるかといって。わたしだって、一日でこんなに寒くなるなんてしらなかった、もう冬なの？はくちょん」

「いまは冬よ、それに」なななはあきれていった。

「おじさんにわたしが会ったのは、ひい、ふう、みい、五年も昔の話よ。しっかりしてよ」男の人はしきりに右と左に首をかしげていた。

なななは手袋をとって、冷たい手をストーブにかざしながら、五年先のことを考えた。男の人は、では明日またくるといって、雪の中を帰っていったのだ。

「あの人だけならいいわ、でも」と、なななはつぶやいた。「たくさんのお友だち、どうしよう、そして……」北海道の夏は美しいのだ。きっと彼らは――五年の長さが一日だと主張する宇宙人は――。

ポプラ並木に住みついてしまうにちがいない。

アフリカの草原

「さあみなさん、今から映画を始めます」

リー先生は、この秋、二級クラスへきたばかりの生徒たちを、キノコ型をしたそれぞれのいすにすわらせると、照明灯をやわらかいオレンジ色に変え、部屋を夕暮れ前のようにぼんやり暗くさせました。奥のかべいっぱいにスクリーンが張ってありました。リー先生は映写機のスイッチをひねりながら、ゆっくりといいました。

「これはむかしの映画です。むかし、わたしたちが、ほんとうの空や星の下に、大地の上に、つまり地球というわたしたちの星の、表面に、住んでいたころの映画です。もうみなさんは、むかし、人々が地球の表に住んでいたことは勉強しましたね。そのころの、町や、人々の生活の映画も見ましたね。今も昔も、町そのものや生活の変化は、たいしてありません。でも、他にはたくさんのことが変わり、また、あるいは失われました。先生は前の時間に、何をいいましたか」

生徒たちはふりむいて、「動物のこと」と目を輝かせて答えました。「たくさんの動物のこと」

「はい、動物が何か、みなさんは知っています。中には、とくべつにねこやいぬやハムスターを、もっている人もいます。それから鳥も。さあごらんなさい。動物の映画です。むかし、アフリカという、大きな大陸でとられたものです。大陸とは、海にうかぶ巨大な島です。いまから四百年以上前、アフリカは動物の宝庫でした……」

スクリーンは、いきなり高い空と、広大な草原をうつしだしました。教室内は、はっと息をのむ子どもの声でうまりました。翼の大きな一羽の鳥が、ゆうゆうと空を飛ぶさまがうつりました。「大きいや」と、ひとりの子がいいました。「このころは、もっと大きい鳥もいました」リー先生は答えました。つぎに、千羽もの水鳥が、さっとうつると、おどろきはすこしおびえにかわりました。「こわいことはありません、鳥たちはなにもしません」リー先生はフィルムの動くブーンという音を聞きながら、生徒たちがさわがないことをひたすら願いました。

首の長いキリンの群れと、ライオンとジャッカルがすぎるころ、教室内はまったく静かになりました。そして耳の大きな鼻の長い、アフリカ象《ぞう》の群れがどどどと、うつしだされたとたん、生徒たちはドアに向かってかけだしました。リー先生ははっと照明をつけました。生徒たちは、いすをけちらし、つまずき、たおれ、かべにぶつかり、おしあいへしあいしながら、小さなドアからはじけ出されたように逃げだしたのでした。泣いて、ひめいをあげながら。

リー先生は、がっかりして、映写機のスイッチを切りました。リー先生は、生徒たちが進級して二級クラスへくるたびごとに、このフィルムを見せてきたのでした。結果はいつも、同じでした。生徒は、草原を走る野生の動物の群に、おびえていつも逃げだすのでした。生徒たちは、とりわけ象をこわがりました。それが、たいそう大きくて、長い鼻をもってるのが、こわいらしいのでした。

リー先生が気がつくと、教室のすみに、丸い目をした少年がひとり、すわっていました。

「きみは、逃げなかったの？」リー先生が、少し悲しそうに笑って聞くと、とりわけほっぺをまっ赤にさせて、少年は、「ぼく、たいそうおもしろかった。ぼく、この映画好き」と、大きな声でいいました。「こわくないの？」と先生が聞くと、少年はくるくるかむりをふって、「みんなすてきだ」と、何度もくりかえし、いろんなことを聞いてきました。

「ねえ先生、どうしてたくさん動物がいたの？　どうしてあんなも大きいのがいたの？　みんな、何を食べてたの？　みんな、芸はしたの？　人間がかってたの？　人間はいっしょに住んでたの？　動物は仲よくくらしてたの？」

翌日の午後、教育指導協会から、何人かの博士が、リー先生を訪れてきました。そしていいました。

「リー先生、草原をかけまわる野生の動物の映画を、もううつさないでください。フィルムは整理して、協会のカギのかかる書庫におさめてください」

リー先生は大きなためいきをつきました。

「そんなことはしないでください……しないでください。人間が地下に大きな都市を造って住みはじめて、もう二百年以上になります。地下都市には、動物はいません。少しのペットがいるきりです。だれも、他の動物たちのことは知りません。だから、動物の記録を、見せなければなりません。むかし、たくさんの動物がいたこと。キリンやウマや、ワニや、象や、クジラがいたこと、たくさん太陽と星の下にいたこと」

「でも、子どもたちはこわがってます。いつも逃げだして、夜こわい夢を見て泣いたりします。ドアにぶつかって、けがをしたりしています。それでなくとも、地下都市はせまい空間です。どんな害でもとりのぞいて住みやすくしていかねばなりません。動物の映画は、子どもたちをこわがらせる。これがもとで、一生神経質になってしまう子どもがでたらどうしますか」

「でも」

「それに、もう今さら死にたえて、いなくなったむかしの動物をうつしても、しかたがないではありませんか、リー先生。今でも、懐古《かいこ》主義《しゅぎ》の連中は、むかしの人々の住んでいた地表の生活にあこがれて、星や牧場や花園や海や太陽の話ばかりしてるが、地表がすっかりよごれて、虫一匹住んでないことは、あなたもよくごぞんじのことだ」

それはほんとうにそうでした。地表にはだれも、何も、住んでいませんでした。地下の天上に人工の太陽をつくって、それをつけたり消したりして昼と夜を、熱したり冷やしたりして夏と冬をつくって、人々はすごしていました。地表は死の世界でした。だれも、地上に再びもどることなど、考えていないのでした。

「……でも」と、リー先生は、オレンジ色の夕暮れ時にセットした照明の教室で、ブーンというフィルムの動く音を聞きながら、思いました。「……いつかわたしたちの子どもの子どもの、またまた子どもが、死んだ地表に何らかの方法で、生をよみがえらせてくれないともかぎらない。再び人々が、星の下、太陽の下で、くらせるようにならないともかぎらない。再び……」スクリーンにアフリカの草原がうつしだされたとき、リー先生は生徒がひとり、そっと教室に入ってきたのに気づきました。

「見てもいい、ぼくも、先生？」

それはあのとき、ほっぺをまっかにして、すてき、すてき、とさけんだ少年でした。先生は「どうぞ」といすをさしだしました。

「これは最後のフィルムなのよ。もう明日には協会にもっていってしまうのです。そして、カギをかけた書庫にしまってしまうのです」

「もうこれっきり、見れないの？」と、少年はがっかりしてききました。

「ええ、だから、きょうは好きなだけ、何度も何度も見ましょう」と、リー先生はいいました。

　何万の白い鳥が青空に反転してはばたきました。サバンナはカモシカの群れに煙立ちました。川は百匹のワニをいかだのように流し、ダチョウの群れは回転の速いタンゴを踊るようにかけていきました。ライオンはのそりのそり尾をふってハエを散らし、大きな象は、子象をつれて、のしのしと倒木をふみしだいてゆきました。

「みんな覚えていましょう」と、リー先生はいいました。「そして覚えたことをいつかだれかに話してあげましょう。むかしの動物のことを、空の下星の下、草原に住んでいた、もうとうに死んでしまった動物のことを」リー先生はしっかり少年の手をにぎりしめました。「あそこに、わたしたちはいたんですよ」

吹く風、いぶく大地、燃える星。「あそこにわたしたちはいたんですよ」

イギリスからの手紙

朝、明けそめのころにふと目を覚ますと、ショウガ色の毛をした猫が、開いた窓から入ってきて、床におり、ベッドにとびのり、鏡台にとびのり、床におり、また出窓にもどって、外へ出ていった。朝霧はミルク色、朝日は金色、空は灰色、部屋は淡いサーモン・ピンク色。わたしは夢を見たと思った。

お元気ですか。

何だかあっというまに日が過ぎていきます。十八時間飛行機に乗ってイギリスにきてからもう一週間。知らない国、知らない人々、知らないことば。日本にいたとき知っていた英語も、英国の知識も、実生活の前ではなんの役にもたちません。ここは恐ろしいくらいの異国です。だいいち、わたしは朝から晩までくつをはきっぱなしです。

「あなたがイギリスにきて、お国の日本と一番ちがうと思ったとこはどこ？」間借りをしてる家のミセスが聞きました。「食べ物？　いすやベッドの生活？それとも乗り物？」いいえ、スープもステーキも、ベッドもいすも、バスも電車も、日本と同じ。

「くつ、くつ」と、わたしはミセスに答えました。「日本では玄関から先ははだしです。それが一番のちがいです」床の上へおざぶをしいて、ぺったりすわれることのすばらしさ。だから、わたしは自分の部屋へ入ると、くつをぬいではだしになってしまうのよ。毎日ホームシックになるヒマもないくらい雑用と勉強に追われ、くたくたになってベッドへ。そのせいかへんな夢ばかり見てるわ。こんど、学校のこと書きますね。返事をまってます。お元気で。

イギリスより、M

「ねえ、ちょいと」と、わたしより頭一つ分大きい布作りの人形が、わたしを追ってきた。「わたしはガイ・フォックスの人形です」人形は黒いせびろを着て、子どもっぽい顔をしていた。「知ってるわ」と、わたしは答えた。「今夜はガイ・フォックスなのよ。とんまのガイ・フォックス。あなたは今夜、焼かれるのよ。それが、ガイ・フォックスのおまつりよ」「焼かれるのはつらい」と、ガイ・フォックスの人形は泣いた。ほろほろ涙をながした。「気のどくだけど、どうしようもないわ。せいぜい明るく燃えて、子どもたちをよろこばせてよ」

「あきらめて、そうします」ガイ・フォックスの人形は布の手をさしだした。

「一ペニーください」一ペニー貨がなかったので、二ペンス貨をわたした。人形はうけとると、町かどに立ってガイ・フォックスの花火を買うおこづかいを通行人から集めている、彼のご主人である子どものところへかけていった。「この国の人形は子どもの味方なのだわ」わたしは石だたみの道を家へいそいだ。

イギリスより二信

夜が早く、朝がおそいのです。イギリスは寒い国です。暗くて寒いということは、何かたいへんなことのようよ。さて、学校のことを書きます。今のクラスは七人です。日本人二人、イラン人のシュシュ、ベネズエラからラモンとブレンダ、ポーランド人のハリーナ、アラブからアリ。わたしたちはヴェルヌの『八十日間世界一周』を副読本に、英語の勉強をしています。英国人の先生は英語で質問し、わたしたちは英語で答えます。みんな上手。わたしはしどろもどろです。

「何事も練習」と、先生はいいます。「何度も何度もくりかえして覚えるのです。あなたたちより小さい英国の子どもたちが、上手にしゃべっているのは、毎日毎日英語を聞き、英語をしゃべってるからに他なりません」

放課後、ブレンダは「シーユートゥモロー（またあした）」を、十二回ぐらいいって帰っていきました。

何事も練習。

この町は海のそばにあるのです。小石だらけの浜をぬけて、散歩しながら帰ります。海の向こうはフランスです。この寒いのに、泳いでる人がいます。ミセスにいうと、「今日はそう寒くないわ」といいます。英国は一年中同じ気候だって。ただ、少し暑いか少し寒いかだけなんですって。日本に春夏秋冬があるというのは、本当の話みたい。この国では夏でも、寒がりの人は毛皮のオーバーを着てるんですって。わたし元気。それではね。

M

「ちょいと」と、部屋の窓をたたく者がいる。猫かと思って見ると、五つぐらいの女の子が、するりと入ってくるなり、両肩をだいて、「寒いわ、ちょいと休ませてね」「あなたどこからきたの」「ドーバーの海を渡って、フランスの空から。わたしフランスで生まれた風なの」「これからどこかへ行くの？」「スウェーデンまで飛んでくの。でも、スウェーデンは寒そうね、もっと」少女はすけたような淡い色の服を着てるだけ。

「わたしのコートを着ていく？」と聞くと顔をかがやかせた。タンスからとりだすと、さっと背をむけて、恋人にコートを着せてもらう娘のポーズ。ガキのくせして、と思いつつ後ろから着せかけると、すそをひきずりながらわたしに向かって笑って、窓から外の空へ飛んでいってしまった。わたしはガイ・フォックスに二ペンスやったり、今だってコートをとられたり、イギリスにきて、そんばかりしてる気がする。

イギリスより三信

お元気ですか？　冬に入って、小雨ばかりの日が続きます。四時にはもう暗くなります。それなのに、まだ庭にバラが咲いてます。フィッシャーも、咲きそろってます。芝は青々としています。赤れんがの家々にそって坂を上がっていくと、どんなふしぎも信じられそうです。

ミセスはこのごろ、カラーテレビを買いました。三つのチャンネルがうつります。日本では、九つかもっとチャンネルがあるというと、それでは、どれを見たいか迷うでしょうねと、ミセスは笑ってました。

とても静かに時間が過ぎていきます。かわいい羽根まくらを見つけました。船便で送りますね。クリスマスまでにとどくでしょう。——日本語を読みたいの。新聞を送ってください。

M

海岸を歩くと、銀色のウロコを体中に輝かせた人に出会った。「あなた、海の神のポセイドンでしょう」というまに、よせた波にとけてくだけた。大通り裏の銀食器屋では年代もののペーパーナイフやスプーンが、お客が通るたびにウィンドーで買って、買ってとはね回る。昼食をいつも食べにいくスナックでは、八種類のサラダがボウルの中ではずかしそうに目をふせてさそってる。電車の向かいにすわった人はシルクハットをまぶかにかぶり、今目覚めた吸血鬼みたいだった。そこここに建つ教会は、歴史の時の長さだけの石の重さと色のやさしさを増す。映画館の横の酒場に夜やってくるのは妖精たちだ。学校からはじけ出してくる赤いブレザーの小学生たちは小鬼のよう。空地ですれちがう犬にハロウといったら、犬もハロウといった。

イギリスより四信

お元気ですか、年も明けました。静かなクリスマスと新年でした。クリスマス・プディングは甘すぎて閉口。テレビで、マーゴット・フォンティーンとヌレエフの、一九六六年度の『白鳥の湖』を見ました。とてもすてき。

寒さもじき終わり、とミセスはいいます。じきクロッカスが咲きだすから、と。この国の人たちはやさしい。生活はゆっくりと回転していきます。この国では魔法と妖精たちがまだ生きています。春の精が息を吹くと、クロッカスが咲くのです。ところで、羽根まくらがまだとどかないんですって。船、しずんだのかしら、それとも羽根がはえて、空へ上がっていったのかしら。M

銀河

東京の空の下では、銀河なんかもう少しも見えはしないのだけど、おかあさんがある日わたしのへやのカーテンにと、青地にとりどりの色の星のいっぱい散ってる布を買ってきた。それを三畳ばかりのへやの、北向きの窓にかけると、わたしのへやは星の海のようになった。

うちにいるミィという名のねこをつれてきて、ほら、宇宙のまん中にいるみたいでしょ、といってカーテンを引いてみせると、いきなり星にとびついた。すると白いガが、カーテンからはなれて、ひらひらと天井の方へ上がっていった。しまった、このもようの星の数、数えておくんだった。きっとひとつの星が白いガに化けたにちがいない。

それからガラリと夜の窓を開けると、水銀灯の光の中を、ひたひたと向こうのかどからひとりの男の人が歩いてきた。

二階からとてもよく見えたのだが、じっくり見てもその人には影がなかった。そして、影のない人間なんていやしないから、それは人間じゃないのだ。その人はわたしのいる窓に目をむけるとはっとして立ち止まって、じーっとこちらを見ていた。

その人の顔は、帽子を深くかぶっているので全くわからない。

その人はまたついと歩き出し、先のかどまでいくとばんざいをした。

その夜は晴れてて、北斗七星と北極星が、きれいに見えていたのだ。その星空から、星の光のようにひやりとした糸が一本するするとおりてくると、その人はあたりまえのようにその糸をとっととよじのぼって、天の上の上の上の方へ行ってしまった。でもその人は人じゃないので、そんなことができるのは、あたりまえなのだ。

何日かたって学校帰りに家の郵便受けをのぞくと、わたしあてに手紙がきていた。白いふうとう、さし出し人の名前なし。

へんね、と思ってその場でびりっとやぶくと、ふうとうの中からすーっと冷たい風が三つぐらい吹いてきた。中を見るとなんにも入ってない。あらあらとわたしはこまってしまった。

その夜、ミィをひざに星座表をもって、窓から見える星を合わせてると、すぐ目の前に星の光の糸が落ちてきた。

今夜、おうかがいすると手紙でいっておきましたが、と、帽子をかぶった男の人が頭の方を下に、糸を伝っておりてきた。

あら、あなただったの、あれ、とわたしはびっくりして、でもふうとうの中にはなにも入ってなかったわ、といった。

その人は窓からするりと入ってきて、ちょっとミィをこわそうに見て、手紙の中は星文字だったから、じょうはつしたのかもしれません、といった。そして窓のカーテンを手にとり、あ、これだこれだ、とたいそううれしそうにいった。

このカーテンがどうかしましたか、と聞くと、ぜひください、と彼はいった。その人にはやっぱり影がなくて、たたみから三センチぐらいのとこに浮かぶように立ってたので、わたしはたいそうしゃくにさわった。

あなたは軽そうですね、と聞くと、ええ、たぶん軽いんでしょうね、といってあわててたたみの上に足をつけようとしたら、何のことはない、するすると足がのびたのだ。

急にせが高くなりましたね、といったら、はい、どうも、といって帽子のつばをぐいと下げて、顔を半分首の中にのめらせてしまった。

そこでわたしは、あなたね、はじめて訪問した家で、いきなりカーテンがほしいなんて、そりゃ失礼じゃないですか、このカーテン、もっていったら、そりゃあなたはいいですよ、でもね、わたしのへやはどうなります、かわりのカーテンぐらい、もってくるべきでしょ、といった。彼はからだ全体を二十度ほど左にかしげて、ちょっと考えてるふうだったが、そうですね、じゃ明日もってきます、といって窓からするすると帰ってしまった。わたしのだいてたねこのミィは、しきりに耳と鼻をぴくぴくさせて、空気のにおいをかいでいた。

わたしはじっくりとカーテンを見た。

そして、それをはずすと布のまん中にどっとあなをあけ、ふちをあわせてミシンでぬいこみ、少しの布も切り落とさないで、ぶかっこうなムームーをこさえてしまった。わたしはそれをすっぽり頭からかぶって着こみ、カカシのように両手をだし、かわのベルトを一本しめて、さて、ミィをだいて次の夜を待った。

星の男はまた窓からあらわれた。駅前にあって、七時すぎまで営業しているスーパーで見た、特価品の花もようの布地をもってきた。彼はわたしをひと目見ると、あっといって、ぱっさりと布地を落とし、本人は逆に四十センチほど、飛び上がって停止した。

お話はこれからよ、とわたしはいった。さしあげるとはいいませんでした。そうでしょ。わたし、この星もよう、大好きなんですもの。そうめったに知らない人にはやれません。でも、あなたがほんとうにどうしても、というのなら、考えてみてもいいわ。

どうしても、どうしても。男の人はミィに近づくまいとしながらも、両手をにぎりしめて、星の粉のようなあせをかきかきいった。あなたは知らないでしょうけど、この世界は誕生してから気のとおくなるぐらい、年月がたってるんです。百万年の百万倍も。百億年の百億倍も。

それで古い部分はあちこちいたみだして、季節ごとに台風はくるし、星は爆発するし、かってにどこかへ飛んでくし、監視官のわたしとしちゃ、まったく目の回るいそがしさなんです。

わたしは少し心配になった。ねえ、地球や月なども古くていたんでるかしら。

ここいらはまだいいんです。もっとぼろぼろで、いまにもやぶれそうな部分があるんです。ぼくたちは紙や布をもってきて、せっせと張りつけなきゃならない。でなけりゃさけめから、星が落ちたり、生物が落ちたり、もっとひどいときには時間が落ちたりするんです。

わたしはしょうがないのでムームーをぬいだ。ミィはムームーにじゃれようとした。男の人はあわててムームーをうけとった。でもね、とわたしはいった。学校でならったんだけど、空のやぶれめをカーテンではつくろえないと思うわ。空は紙や布ではできてないんでしょう。おお、もちろん、と彼はいった。それは地球から見る空と、空の中に浮かんで見る空のちがいです。カーテンは空へ行ったら、もうカーテンじゃありません。密度の高い、霧になります。わずかですが質量もあります。ではさようなら、ありがとう。

あの星もようのカーテンはカーテンじゃなかったのかもしれない。

なにかのてちがいで地球に落ちてきた、やぶれ目をつくろうものだったのだろう。さんざめく星の夜に、百億年もの時間のことを考えながら、わたしはわたしのカーテンが、どこいらふきんに張られたのかと夜空に目を走らせてみた。

初出一覧

びいどろの恋 ―― 『LaLa』 1977年12月号
幻想 ―― 『LaLa』 1978年６月号
チョウチョ ―― 『LaLa』 1977年11月号
３月３日 ―― 『LaLa』 1978年３月号
金のピアノ ―― 『LaLa』 1978年７月号
花々に住む子供 ―― 『プリンセス』 1979年１月号
みどりの風 ―― 『別冊少女コミック』1977年８月号
中学生 ―― 『プチフラワー』1985年５月号
紅茶の話 ―― 『LaLa』 1976年11月号
水色のエプロンの女の子 ―― 『LaLa』 1976年11月号
食肉花 ―― 『りぼんデラックス』 1976年 春の号
サングリアタイム ―― 『あなたのファンタジィ7　サングリア・タイム』 1979年8月発行
カーテンコールのレッスン ―― 『ビバ プリンセス』 1990年10月25日号
歌を忘れたカナリヤ ―― 『テレビといっしょ』 1991年５月号
眠りの精 ―― 『テレビといっしょ』 1991年８月号
ストロベリーフィールズ ―― 『ストロベリーフィールズ』 1976年11月発行

オルゴール ―― 『小三教育技術』 1976年２月号
ハピーオニオンスープ ―― 『週刊少女コミック』 1979年１月５日号
月夜のバイオリン ―― 『小三教育技術』 1975年５月号
賞子の作文 ―― 『小三教育技術』 1975年10月号
銀の船と青い海 ―― 『小三教育技術』 1975年２月号
花のお茶会 ―― 『小三教育技術』 1975年６月号
北の庭 ―― 『小三教育技術』 1976年１月号
人形の館 ―― 『小三教育技術』 1976年３月号
地球よいとこ一度はおいで ―― 『小三教育技術』 1974年12月号
アフリカの草原 ―― 『小三教育技術』 1975年８月号
イギリスからの手紙 ―― 『小三教育技術』 1975年11月号
銀河 ―― 『小三教育技術』 1974年８月号

編集　穴沢優子
ブックデザイン　清水　肇（プリグラフィックス）
資料提供　図書の家

銀の船と青い海

２０１０年10月20日　初版印刷
２０１０年10月30日　初版発行

著者　萩尾望都
発行者　若森繁男
発行所　株式会社河出書房新社
東京都渋谷区千駄ヶ谷２-32-２
電話０３-３４０４-８６１１（編集）
　　０３-３４０４-１２０１（営業）
http://www.kawade.co.jp/

組版　株式会社キャップス
印刷　凸版印刷株式会社
製本　大口製本印刷株式会社

ISBN978-4-309-27220-7　Printed in Japan